英國童話及故事集

English Fairy Tales

芙蘿拉－安妮・史提爾——著 謝靜雯——譯
亞瑟・拉克姆、約翰・D・巴滕——繪

Flora Annie Steel
Illustrations by Arthur Rackham & John D. Batten

目錄

關於英國童話的一二事

英國有許多童話故事都帶有種繼母式的風格，有時有很強的既視感，有時又好像是《格林童話》或《鵝媽媽的故事》裡東拼西湊來的，甚至有人質疑：英國真的有自己的童話嗎？

讓我們回到十七世紀，當時法國在好大喜功的太陽王路易十四帶領下，持續擴張領土，在歐洲獨領風騷。路易十四因為巴黎暴動頻出，決定將宮廷遷至凡爾賽宮。王公貴族、文人雅士全都跟著離開巴黎，進駐凡爾賽宮。而作家夏爾·佩羅（Charles Perrault）以詩作散文引起了路易十四的注意，後來逐漸整理民間故事，加以改寫，並有部分獻給路易十四的姪女。在凡爾賽花園中建立三十二座伊索寓言噴泉，也是佩羅的主意。

在法國文化強殖入侵歐洲各國的時代背景下，佩羅撰寫的童話故事集《鵝媽媽的故事》，包括《灰姑娘》、《小紅帽》、《藍鬍子》、《睡美人》等故事，也在歐洲受到廣大歡迎，英國也不例外。

一方面也是因為在此之前，並沒有專門為兒童設計的讀物，中世紀的孩童接觸到的故事大多是來自《聖經》等宗教故事。在成人間流傳的則是沒有精怪、仙女、魔法的民間故事，故事中也不免會有些殘忍、色情的情節，並不適合講給孩子聽。童話故事這個概念可說是隨著佩羅的著作才流傳開的。

百年後，神聖羅馬帝國解散，民族國家意識逐漸興起，德意志地區只有由許多小國組成的日耳曼邦聯，用語言及民俗文化來增強民族凝聚力成為當時德意志人的重要課題。格林兄弟（Brothers Grimm）也因此投入語言學研究，也在研究時開始搜集民間故事，並進行一定程度的改寫，最後成了流傳後世的《格林童話》。童真討喜的故事很快便散布到歐洲各國，英國同樣不能免俗。

就這樣歐洲文化強勢導入英國民間，孩子們讀的故事也大多來自歐陸。但英國童話受歐陸影響已深，某些故事中難免會用上歐陸童話裡的情節，甚至整個故事走向照搬。《灰姑娘》和《穿長統靴的貓》等故事驅逐了《柴爾德．羅蘭》、《法克斯先生》和《貓皮》，《湯姆—提特—塔特》和《三個傻子》讓路給《侏儒妖》和《糖果屋》，英國童話故事成為《格林童話》或《鵝媽媽的故事》的混合體。不過據澳大利亞出生的民俗學家約瑟夫．雅各布斯（Joseph Jacobs）的研究指出，當時連歐洲國家的童話故事中有三分之一到四分之一，是來自其他國家。英國童話中參雜了不少外來種，也是在所難免。

十九世紀，同樣因民族主義興起，一些英國的民俗學家開始整理民間傳說、神話、民謠，希望能讓孩子們接觸到更多英國本土的故事。也因為他們的努力，《傑克與魔豆》、《三隻熊的故事》、《三隻小豬》等出自英國的童話流傳到全世界。

現在的英國是由英格蘭、蘇格蘭、北愛爾蘭、威爾斯組成的，幅員遼闊，各地的風土民情及民間傳說自然大不相同，因此有些故事中會看到凱爾特傳說的痕跡，也有些故事可能早在莎士比亞的劇作中就出現了。許多民間故事都是口耳相傳的，因此也很少帶有浪漫元素。仙子精怪的概念其實是來自文學作品而非民間傳說，這可以追溯到法國作家奧諾伯爵夫人（Countess d'Aulnoy）的《童話故事》（*Les Contes des Fées*，一六九七年），她遵循佩羅的路線為民間故事賦予了優美的形式。但在英國，我們從民間作品中獲得的是幽默而不是浪漫。

另一個英國童話的特色是，有許多故事的主人公都叫做傑克，比如書中的《傑克與魔豆》、《巨人殺手傑克》、《懶傑克》、《黃金鼻煙盒》等。傑克原本是約翰這個名字的愛稱，而約翰是中世紀到近代最常見的名字，不過到二十世紀後期，傑克成為英語系國家中最常見的男孩名字。

傑克是英國故事中的典型角色，跟極富道德感的英雄角色不同，傑克年紀輕輕，可能有點懶惰，但又聰明機智，有時候有點天真。他的設定一般來說是農民的兒子，出門探險想發大財。他的運氣很好，故事結尾他總是能占上風，迎來幸福美滿的結局。

由於英國童話與歐陸文化有千絲萬縷的關係，本書在每個故事後都添加有關的小知識，希冀能為閱讀帶來多一點樂趣。

（漫遊者編輯部）

英格蘭盛世的聖喬治

在蓊鬱森林的黝暗深處，住著作惡多端的邪惡女巫——卡萊柏。當時有一道鐵柵門阻擋了通往魔法世界的道路，而鮮少有人有足夠膽量吹響掛在柵門上的黃銅號角[1]。卡萊柏的惡行罄竹難書，但她最樂在其中的，莫過於偷走無辜的新生兒，然後殺死他們。

而她正打算對科芬特里勳爵襁褓中的兒子下毒手，多年前勳爵曾任英格蘭的總管大臣。趁著嬰兒的父親不在身邊，母親難產垂死，邪惡的卡萊柏利用魔咒和法術，從粗心

1 吹響號角隱含挑戰女巫的意思。

大意的奶媽身邊偷走了孩子。

可是這嬰兒打從一開始便注定要做大事：他胸口有個栩栩如生的惡龍圖樣，右手上有個血紅十字，左腿上有金色束帶的印記。

這些標記深深撼動了邪惡女巫卡萊柏，於是她手下留情。這孩子一天天長大，相貌越來越俊美，身姿越來越挺拔，成了她眼中的珍寶。轉眼過了十四年，男孩渴望踏上追求榮耀的歷險，雖然邪惡女巫希望能將他留在身邊，據為己有。

但男孩一心尋求榮耀，徹底鄙視這般邪惡的人。女巫試圖收買他的心，一日便牽著他的手，領他到一座堅若磐石的城堡，讓他看看囚禁在裡頭的六位英勇騎士，然後說：

「看哪！這就是基督王國的六位勇士。如果你留在我身邊，你會成為第七名勇士，你的名號會是英格蘭盛世的聖喬治。」

但他不願意。

接著她引領他走進一座華麗的馬廄，那裡有世間所見過最美麗的七匹駿馬。「其中六匹，」她說，「屬於那六位勇士。第七匹叫貝亞德，是世上最卓越、最敏捷、最強大的神駒。如果你留在我身邊，我會將牠賜給你。」

可是他不願意。

接著她帶領他到兵器庫去，親手替他扣上純正鋼鐵製成的甲冑，為他繫上內裡鑲嵌黃金的頭盔。接著，舉起一把威力十足的長劍，放進他的手裡，並說：

「這套盔甲沒有人能穿透，這把劍叫阿什克倫，不管碰到什麼，都能將那個東西劈成兩半。這些都是你的了。現在你肯定願意待在我身邊了吧？」

可是他依然不願意。

接著她用自己的魔杖收買他，有了魔杖，他便能控制魔法國度裡的一切。她說：

「現在你總算願意留在這裡了吧？」

但他一把接過魔杖，敲擊附近的巨岩。看啊！岩石頓時打開，寬闊的洞穴映入眼簾，裡面散落著多不勝數的屍體，全是邪惡女巫謀害的無辜新生兒。

他借用女巫的魔力，命令她帶頭踏進那個恐怖地方。她一走進去，他便再次舉起魔杖擊打巨岩。看啊！岩石永遠閉合起來，女巫只能對著無知無覺的岩石，可悲地扯著嗓子指天罵地。

聖喬治因此從魔法之地獲得自由，坐上貝亞德，帶著另外六位騎著駿馬的基督王國勇士，前往科芬特里市。

他們在這裡停留九個月，用各種兵器磨練武藝。當春天復返，他們便以遊俠騎士的身份，出發前往異地探險。

他們騎行足足三十個日夜，最後在隔月初始，來到一片寬闊的平原。有七條道路交會於平原中央，該處矗立著一根堅固大柱。在這裡，他們帶著昂揚的心情與勇氣，向彼此揮別，各奔東西。

聖喬治駕著他的坐騎貝亞德，一路騎到了海邊，那裡停著一艘即將開往埃及的好船。他搭乘那艘船，歷經漫長航程，最後抵達那片土地。當時，夜晚的靜寂之翼已經展開，黑暗籠罩著一切。他來到一間簡陋的隱士住所，請求借宿一夜，隱士回答：

「英格蘭盛世的騎士先生——我看到你胸甲上的銘刻——你來得真不是時候，因為恐怖惡龍的無情破壞，生者幾乎來不及埋葬死者。惡龍日日夜夜在這個國家肆虐，天天都必須吃掉一個無辜少女，要不然就會在人民之間降下致命的瘟疫。這種狀況已經延續了足足二十四年，整片土地最後只剩一位少女，就是美麗的莎比亞，國王的女兒。明天就是她的大限之日，除非有英勇的騎士除掉那頭怪獸。凡是殺掉怪獸的人，國王會將女兒許配給他；等時候到了，也能繼承埃及的王位。」

「我不在意王位，」聖喬治勇敢地說，「但美麗的少女不該踏上死路，我會殺了那頭怪獸。」

他黎明即起，扣上甲冑、繫好頭盔，手握長劍阿什克倫，跨上貝亞德之後，騎進惡龍之谷。他在路上碰見了聲淚俱下的老婦列隊行進，當中有個他所見過最秀麗的女子。他因為滿心同情而下了馬，在女子面前深深鞠躬，請求她返回父親的宮殿，因為他打算殺了人人聞之喪膽的惡龍。美麗的莎比亞笑中帶淚向他致謝，按他的要求做了。而他再次上馬，繼續上路奔向歷險。

惡龍一見這位勇敢的騎士，從粗韌表皮的喉嚨底下，發出比雷鳴更駭人的吼聲。牠從可怕的巢穴裡翻滾出來，展開燃燒的翅膀，準備攻擊敵人。

牠的大小和外表可能會讓最勇猛的人為之顫抖。肩膀到尾巴有四十英尺長，身上覆滿銀鱗，肚子呈金色，又濃又紅的血在火燒的翅膀上流竄。

牠的襲擊來得如此猛烈，騎士險些跌落在地。但他穩住陣腳之後，以長矛猛刺惡龍，力道如此之大，長矛碎成了千片。暴怒的怪獸以尾巴猛烈甩擊，馬匹和騎士翻覆在地。

真是萬幸，聖喬治被拋到開滿花的橙樹陰影裡，橙樹的香氣有個功效，讓帶毒的野獸不敢接近它枝椏伸展的範圍。英勇的騎士得以有餘裕重振旗鼓，再次勇氣十足起身投入戰鬥，以可靠的長劍阿什克倫，擊刺燃燒惡龍的光亮肚腹。惡龍噴出烏黑毒液，毒液一落，騎士的甲冑爆裂成兩半。要不是因為那棵橙樹，英格蘭盛世的聖喬治恐怕凶多吉少，橙樹再次用枝椏提供他庇蔭。聖喬治明白這場戰鬥的勝負只能交託到上帝手中，於是跪下來禱告，祈求上帝賜予他身體無比的力量，以便戰勝惡龍。然後，帶著勇敢無畏的心，他再次上前，襲擊噴火惡龍一側燃燒翅膀的下方，好讓武器穿透惡龍心臟。垂死怪獸身上流出的鮮血，染紅四周的草地。英格蘭的聖喬治砍下可怖的龍頭，以戰鬥初始遺留在怪獸帶鱗背部上的殘矛充作棍子，將龍頭掛上去，然後坐上駿馬貝亞德，前往國王的宮殿。

這位國王名叫托勒密，聽到眾人畏懼的惡龍真的被殺，下令整座城市張燈結彩。另外派出有烏木輪子和絲綢坐墊的黃金的戰車，將聖喬治迎到宮殿來。也下令百名貴族穿上紅天鵝絨的衣裝，坐上盛裝打扮的奶白色駿馬，備極尊榮地護送他前來宮殿。隊伍前後都有樂手，空氣中充滿了甜美的聲響。

莎比亞親自替疲憊的騎士清洗傷口和敷藥，並且送他一枚最純亮的鑽石戒指，作為定親信物。國王賜他黃金馬刺，封他為騎士。享用過盛宴上的珍饈美饌之後，他退回房間休息，美麗的莎比亞在她的陽台上彈奏黃金魯特琴，以樂聲伴他入睡。

一切狀似幸福無比，但是，唉！厄運即將臨頭。

摩洛哥的黑人國王阿米多，長期以來追求莎比亞公主未果，又沒有勇氣挺身屠龍捍衛她，看到這位女子將心給了為她奮戰的勇士，於是決定密謀毀滅他。

阿米多去找托勒密國王，告訴他——這點或許是真的——美麗的莎比亞已經答應聖喬治要改信基督教，然後追隨他到英格蘭去。想到這點，國王暴跳如雷，忘了自己的人情債，決心訴諸最卑劣的背叛手段。

國王告訴聖喬治，他的愛和忠誠需要進一步試煉，請託他捎個信息給波斯國王，並禁止他帶駿馬貝亞德或長劍阿什克倫同行，也不許他向親愛的莎比亞道別。

聖喬治滿懷憂傷出發上路，沿途克服了諸多艱險危難，最後安全抵達波斯國王的宮廷。但是當他得知，自己捎來的祕密信函裡，除了懇切要求將送信人置於死地，沒有其他訊息，不禁火冒三丈。可是他孤立無援，判刑之後被扔進可怕的地牢，僅有粗劣衣物可供蔽體，手臂被牢牢鍊在鐵栓上。再不久，就會有兩頭飢腸轆轆的獅子將他吞吃下肚。獅子的吼聲震耳欲聾。這樣暗黑的背叛行為讓他怒不可遏，力氣一來，猛力將固定鐐鍊的鐵釘拔了起來。掙脫部分束縛之後，他拔下自己那頭琥珀色長髮，繞在手臂上充作護套。獄卒將獅子釋放出來時，他已做好迎戰的準備。他使勁將手臂塞進獅子的咽喉，噎斃牠們，扯出牠們的心臟，得意洋洋地舉高給獄卒看，獄卒站在原地怕得直打哆嗦。

之後，波斯國王放棄置聖喬治於死地的冀望，加倍設置地牢的欄杆，任他在裡面凋零。騎士怏怏不樂在牢裡困居七年，心心念念都是他失去的公主，唯一的同伴是老鼠和爬蟲，飲食只有最粗的麥麩做成的麵包和骯髒的水。

有一天，在地牢的幽暗角落裡，他找到了當年在盛怒之下扯出來的一根鐵釘。有一半生了鏽，但足以在牢房牆上鑿出通道，進入國王的花園。當時已經入夜，一切寂靜無聲，聖喬治豎耳傾聽，聽見馬夫在馬廄裡交談。他走進去發現有兩位馬夫正將裝備套上準備出勤的馬匹。拿著那根協助他成功逃獄的鐵釘，他殺了馬夫，坐上馴馬，大膽無懼騎向城門。他告訴銅塔的巡夜者，聖喬治已經逃出地牢，他正急著前去追捕。城門大開，聖喬治蹬蹬馬刺，在頭幾道紅色曙光射入天空以前，安全避開了追捕。

不久，他因為飢餓過度，一見高聳懸崖上有座塔樓，便往那裡騎去，決心討點食物充飢。他接近那座城堡時，看到一位美麗女子穿著藍中帶金的衣袍，鬱鬱寡歡坐在窗旁。他下馬時高聲朝她呼喚：

「女士！如果妳正身陷憂愁，也請解救正逢困境的我，請供一頓飯給即將挨餓致死的基督騎士。」

她一聽便迅速回答：「騎士先生！趕緊逃吧，我夫君是個力大無窮的巨人，是穆罕默德的追隨者，他誓言殲滅所有的基督徒。」

聞此，聖喬治放聲笑了許久。「美麗的女士，請轉告他，」他喊道，「有個基督騎士正在他的大門等候。兩條路，要不就在城堡裡滿足騎士的需求，要不城堡的主人就等著被殺。」

巨人聽到這番英勇的挑戰，以一根巨型鐵棍作為武器，衝上前來一決高下。他是個醜惡的巨人，身體畸形，腦袋特大，野豬似的渾身是毛，眼神火熱惡毒，嘴巴好似老虎。看到巨人的第一眼，聖喬治以為自己必敗無疑，不是因為恐懼，而是因為飢餓和暈眩。不過，他將自己交託給上帝，對自己失去了魔劍阿什克倫萬分遺憾，但即使手上只有粗劣的武器，依然迎向了戰鬥。雙方鏖戰到正午，勇士的力氣即將用罄時，巨人絆到樹根一踉蹌，聖喬治把握機會，舉劍刺向對方的肋骨，巨人倒抽一口氣並死去。

之後，聖喬治進入塔樓。美麗女士擺脫了可怕的夫君，在他面前擺出各式各樣的美食和純酒。他填飽了肚子，疲憊的身體得到休息，馬匹也恢復了活力。

他將塔樓留給滿心感激的女士，再次上路，不久便來到巫師歐馬丁的魔咒花園。他看到有把魔劍嵌在岩石裡。他從未見過這麼美的一把劍，劍帶上鑲嵌了碧玉與青玉，柄端是個純銀圓球，上頭以黃金雕鏤了幾行字：

我的魔法穩若磐石，

直到來自遙遠北方的騎士，

從岩床上抽出這把劍，

看！當他來到，明智的歐馬丁將會倒下。

再會了，我的魔力、我的咒語，我的一切。

讀到這幾行字，聖喬治將手搭上劍柄，試著以蠻力拔看看，可是看啊！竟然輕而易舉就拔了出來，彷彿那把劍掛在不曾撚搓過的細薄絲線上。魔咒花園裡的每扇門頓時打開，魔法師歐馬丁出現了，頭髮直豎。魔法師親吻了勇士的手，帶他到一個洞穴，那裡有位青年被金線織成的布單包裹住並昏睡著，還有四位美麗少女唱歌輕哄。

「你看到的這位騎士，」巫師以空洞的語調說，「正是你的基督勇士同袍——威爾斯的聖大衛。他原本也想拔出我的劍，但失敗了。我的魔法已經走到盡頭，你解救他脫離了我的法術。」

巫師說這番話的時候，天地發出前所未有的聲響。眨眼間，魔咒花園和裡面的一切全都化為泡影，只剩威爾斯勇士，從七年的長眠中醒來，向聖喬治道謝。聖喬治向往昔的同志熱情地打招呼。

之後，英格蘭盛世的聖喬治走得又遠又急，沿途冒險犯難，一心想前往埃及，也就是他留下心愛莎比亞公主的地方。但是，從初抵此地時遇過的那位隱士口中得知，儘管莎比亞百般不願，她父親托勒密國王依然同意讓摩洛哥的黑人國王阿米多將她帶走，成為眾多妻妾裡的一員，這點讓聖喬治悲痛又驚恐。於是他轉而奔向摩洛哥的首都崔波里，決心不計一切代價，要看一眼當初被殘忍拆散的親愛公主。

為了這個目標，他向隱士借了件舊斗篷，喬裝成乞丐，得以進入後宮大門。許許多多窮困虛弱、又殘又病的人聚集在那裡，雙膝跪地。

他問他們為何跪地，他們答說：

「因為好公主莎比亞救濟我們，我們正在替英格蘭聖喬治的安全祈禱，她將自己的心給了他。」

聖喬治聽到這番話，一顆心差點因喜悅而爆裂。當莎比亞公主穿著喪服逐漸走近時，他幾乎無法繼續跪地。她姣好如昔，但因長年苦惱，臉色蒼白，悲傷憔悴。

她默默不語，輪流將救濟品分送每個乞丐。但是當她來到聖喬治的面前，吃了一驚，以手捂住心口，輕聲說：

「起身吧，乞丐先生！你很像那位曾經救我免於一死的人，不適合跪在我面前！」

接著聖喬治站起來，深深鞠躬，並靜靜說道：「無以倫比的女士！看哪！我就是妳曾經恩賜這東西的人。」

語畢，便將她贈與的那枚戒指套在她的玉指上。但她並未瞅著戒指，而是含情脈脈地望著他。

接著他說起她父親卑劣的背叛，以

及阿米多在當中扮演的角色。她的怒火熊熊燃起，放聲喊道：

「不必浪費時間多說。這可恨的地方，我片刻也無法多待。我們應該趕在阿米多打獵回來以前逃走。」

於是她帶領聖喬治到兵器庫去，他在那裡找到可靠的長劍阿什克倫，再到馬廄去，他迅猛的駿馬貝亞德裝備齊全地站在那裡。接著，勇敢的騎士上馬之後，她踩著他的腳，像隻小鳥似的輕巧一躍，端坐在他後頭。聖喬治以馬刺輕輕碰了這頭神氣的獸，貝亞德便如離弓之箭，載著他們飛快穿越城市和平原，橫越林地和森林，越過河流，攀過山脈、走過低谷，最後抵達希臘這片土地。

他們發現全國上下都在歡慶國王的婚禮。在眾多餘興節目裡有一場盛大的騎馬比武大賽，這項消息傳遍了全世界。基督王國的其他六位勇士都出席了，聖喬治一抵達，就湊足了七位。好幾位勇士都帶著他們拯救的美麗女士同行。法蘭西的聖德尼有美麗的艾格蘭婷為伴；西班牙的聖雅各身邊帶著甜美的瑟蕾絲丁；高貴的蘿薩琳陪伴著義大利的聖安多尼。威爾斯的聖大衛在沉睡七年之後，一心急著冒險犯難。愛爾蘭的聖派翠克向來殷勤有禮，將六位天鵝公主都帶來了，這幾位公主出於感念，正在尋找當初拯救她們的蘇格蘭聖安德魯斯。聖安德魯斯拋下世俗的一切，選擇為信仰而戰。

這些勇敢的騎士和美麗的女士加入歡樂的比武大會，七位勇士輪流擔任主要挑戰者一天。

在這片喜氣洋洋當中，有一百位使者從異教世界一百個不同的地方過來，向所有的基督徒宣戰，至死方休。

七位勇士回到各自的國土，以便確保親愛女士的安全，然後分頭號召人馬，約好半年後碰面，共組一支大軍，挺身為基督王國奮戰。

他們依約履行承諾，挑選聖喬治作為大將軍，行軍前往崔波里，高喊戰呼：

「為了基督王國，我們奮戰，
為了基督王國，我們死去。」

邪惡的阿米多遇上聖喬治一戰即敗，他的臣民雀躍不已，請求勇士接任王位。聖喬治應允了，接受冠冕之後，這一大批基督徒便繼續前往埃及。托勒密國王因為無望擊潰這些勇猛的騎士，於是從宮殿城垛一躍而下，絕命於此。當地貴族體認到這些基督勇士的騎士精神和謙恭有禮，願意將王位交付其中一人。眾人在歡呼聲中擁立英格蘭盛世的聖喬治為王。

這批基督徒繼續揮軍前往波斯，在那裡前後激戰七日。期間有二十萬名異教徒遭到屠殺，另有不少人在企圖逃逸時溺水而亡。他們最後不得不投降，皇帝落入了聖喬治的手中，六位總督則落入了其他六位勇士的掌握。

波斯承諾從此改以基督教法律來統治王國之後，得到了最仁慈也最體面的對待。但皇帝滿心怨恨和殘暴，密謀對付七位勇士，要一位叫歐斯蒙的邪惡巫師對勇士們施法，讓他們放棄戰鬥，安度輕鬆懶散的生活。但聖喬治並未受魔咒所惑，也無法接受弟兄們受法術擺布，於是想辦法喚醒他們，讓他們劍不入鞘，盔甲不離身，奮戰不懈，直到邪惡皇帝和他手下的總督全數被扔進地牢，就是聖喬治當初受難長達七年的地點。

聖喬治扛起了統治波斯的任務，將六個總督轄區分配給六位勇士。

聖喬治身穿一襲刺繡華美的美麗綠袍，披著白皮毛鑲邊的猩紅色披風，上有純銀裝飾，坐在半透明雪花石膏大象支撐的寶座上。在眾人的歡呼聲中，軍官們高聲喊道：

「英格蘭盛世的聖喬治，摩洛哥的皇帝，埃及國王，波斯的蘇丹，萬歲，萬萬歲！」

聖喬治建立了優良公正的法律，在無數的異教徒集體改信基督教之後，他將統治權交給可信的顧問群，和世界休兵，返回英格蘭，和埃及公主莎比亞在科芬特里住了許多年。她替他生了三個健壯的兒子。七位勇士裡第一位也是最偉大的一位，英格蘭盛世的聖喬治的故事到此結束。

∽ 豆知識

這個故事出自聖喬治的屠龍傳說。

聖喬治是三世紀末的一位羅馬軍官，據信出生於巴勒斯坦。因皇帝迫害基督徒，許多人被捕受刑，他為了堅守信仰也被逮補，最後以身殉道。後被尊為聖人。

聖喬治屠龍的傳說於十二世紀透過十字軍東征傳入歐洲，傳說與這個故事十分相似，巨龍每年向人類索要供品，一直到公主被選為供品，而聖喬治為救公主屠了巨龍。這個傳說在十三世紀廣為流傳，並成為中世紀晚期及文藝復興時期的文學與繪畫重要題材。

十四世紀後，聖喬治成為英格蘭的主保聖人，聖喬治旗為白底紅十字，也是組成英國國旗的一部分。每年四月二十三日是聖喬治日。

英格蘭盛世（Merrie England）並不是真實存在的英國王朝，而是代表一個想像中的英國田園生活烏托邦。在這個世界裡通常會有茅草屋、鄉村旅館和做完禮拜才能吃的「週日烤肉」。這個概念源於中世紀，反映了英國的鄉村習俗。

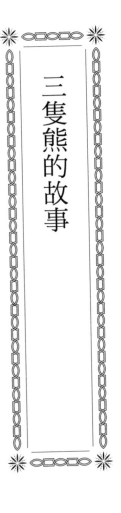

三隻熊的故事

從前從前，有三隻熊一起住在樹林裡的房子。其中一隻是小小熊，一隻是中等大小的熊，另一隻是大大的熊。牠們各有一個用來裝燕麥粥的碗：小小熊有個小碗，中等大小的熊有個中等大小的碗，大大熊有個大碗。而且牠們各有一張椅子可以坐：小小熊有張小椅子，中等大小的熊有張中等大小的椅子，大大熊有張大椅子。牠們也各有一張床鋪可以睡：小小熊有張小床，中等大小的熊有張中等大小的床，大大熊有張大床。

有一天，牠們煮好早餐要吃的燕麥粥，盛進各自吃粥的碗裡，等粥降溫的這段時間，先到林子裡走走，免得太早吃會燙到嘴，因為牠們是有禮貌有教養的熊。牠們不在家的時候，一個叫葛蒂拉的金髮小女孩正好路過這間房子，她住在林子另一側，媽媽派她出門跑腿辦事。她先往窗戶一探，再從鑰匙孔裡窺看，因為她是個教養不好的小女孩。她一見屋裡沒人，便擅自拉起門栓。門沒鎖牢，因為這幾隻熊很善良，不曾傷害過任何人，也從不懷疑會有人傷害牠們。葛蒂拉打開門走了進去，看到桌上放了粥，心生歡喜。如果她是個教養良好的小女孩，就會等三隻熊回來，也許牠們會邀請她共進早餐，因為牠們是善良的熊——動作或許有些粗魯，熊都是這樣的，但天性善良而且很好客。但她是個厚臉皮、沒禮貌的小女孩，於是逕自吃了起來。

首先，她嚐了嚐大大熊的粥，覺得太燙口。接著改嚐中熊的粥，覺得太涼。然後去嚐了小小熊的粥，不會過熱也不會太涼，溫度剛剛好，她喜歡極了，吃得碗底朝天，一口也不剩！

葛蒂拉覺得累了，因為她沒好好辦事，而是忙著追蝴蝶。她坐到大大熊的椅子上，可是覺得太硬。然後又坐到中熊的椅子上，對她來說卻太軟。可是當她坐到小小熊的椅子，發現不會太硬也不會太軟，恰到好處。於是她坐進裡頭，最後椅面卻掉了下來，她噗咚跌到地上，火冒三丈，因為她是個壞脾氣的小女孩。

葛蒂拉決定休息一下，於是爬上樓梯，樓上是三隻熊睡覺的臥房。她先往大大熊的床上一躺，但是床頭對她來說太高。接著往中熊的床一躺，床尾對她來說太高。最後往小小熊的床一躺，床頭床尾都不會太高，而是剛剛好。於是她舒舒服服拉起棉被，躺在那裡直到深深睡著。

這時，三隻熊想說粥應該已經降溫到可以入口，於是回家來吃早餐。粗心大意的葛蒂拉將大大熊的湯匙留在牠的碗裡。

「有人碰了我的粥！」大大熊粗聲粗氣說。

接著中熊瞧瞧自己的粥，看到裡頭也插著湯匙。

「有人碰了我的粥！」中熊用中等音量說。

接著小小熊看看自己的粥，裝粥的碗裡有湯匙，但是粥全都沒了！

「有人碰了我的粥，而且吃個精光！」小小熊用小小聲音說。

三隻熊於是明白，有人闖進了牠們的房子並且吃光了小小熊的早餐，於是開始東張西望。粗心大意的葛蒂拉從大大熊的椅子起身時，沒把硬椅墊擺正。

「有人坐了我的椅子！」大大熊粗聲粗氣說。

粗心大意的葛蒂拉把中熊的軟椅墊坐凹了。

「有人坐了我的椅子！」中熊用中等音量說。

「有人坐了我的椅子，還把椅面坐穿了！」小小熊用小小聲音說。

接著三隻熊認為最好仔細查看一下，免得屋裡藏了盜匪，於是上樓到臥房去。葛蒂拉把大大熊的枕頭拉離了原位。

「有人躺過我的床！」大大熊

粗聲粗氣說。

葛蒂拉把中熊的枕頭拉離了原位。

「有人躺過我的床！」中熊用中等音量說。

當小小熊查看自己的床，發現枕頭還在原位，而且枕頭上還有——葛蒂拉一頭金髮的腦袋，躺在它不應該在的地方，因為她原本就不應該來這裡。

「有人躺過我的床——而且她還在！」小小熊用小小聲音說。

葛蒂拉在睡夢中聽見大大熊粗啞的大嗓門，可是她睡得好熟，以為只是風聲呼嘯或是雷鳴轟轟。然後她聽見中熊的中等音量，以為只是夢裡有人在說話。可是當她聽見小小熊的小小嗓門，因為尖銳又高亢，她立刻醒了過來。一驚醒便看到三隻熊站在床畔，她連滾帶爬從另一側下床，衝到了窗邊。窗戶開著，因為這幾隻熊就和愛好整潔的好熊一樣，早上起床總是打開臥房的窗戶透氣通風。淘氣的小葛蒂拉很害怕，於是從窗戶跳了下去，她最後到底是摔斷了脖子，或是跑進樹林裡迷了路，或是成功找到路離開林子，因為不聽話又偷懶而吃了母親的鞭子，誰也說不準。可是這三隻熊從此沒再見過她。

豆知識

這個故事是由英國作家紹西（Robert Southey）改寫民間傳說而成，是少數可以找到確切作者的童話故事。在紹西的版本中，主角是位銀髮的老太太。

約瑟夫．雅各布斯發現有另一個情節十分相似的故事《Scrapefoot》，只是主角變成了狐狸，這也讓整個故事變成純動物故事。在歐洲的各個國家中都能找到關於狐狸與熊（或狼）的故事，一位中世紀作家將這些故事改編成野獸史詩《列那狐傳奇》（*Reynard the Fox*）。很有可能三隻熊的原型故事《Scrapefoot》就是《列那狐傳奇》的英國殘存版。總之，紹西的故事提供了一個非常有趣的例子，說明童話故事演變的可能性。

故事中椅子部分的橋段也出現在格林童話的《白雪公主》中。

湯姆－提特－塔特

從前從前有個女人，她烤了五個派，從烤箱拿出來的時候，已經烤過頭，派皮硬到難以入口，於是她對女兒說：

「女兒啊，」她說，「把派放到架子上，留在那裡一陣子，到時一定會回來。」

她的意思是派會變軟，但她女兒自言自語：「既然媽媽說派還會回來，那我乾脆現在就吃了吧？」她有一口健康的好牙，便把所有的派都吃個精光。

晚餐時間到了，女人對女兒說：「去拿個派過來，到現在一定已經回來了。」

女孩走過去瞧了瞧，那裡除了空盤子，當然什麼都沒有。

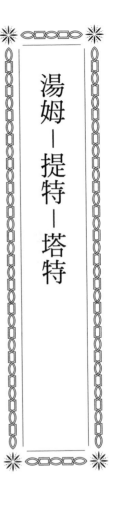

於是她走回來說：「沒有，媽媽，它們還沒回來。」

「一個都沒有嗎？」母親問，嚇了一跳。

「一個也沒有。」女兒說，自信滿滿。

「唔，」母親說，「不管回來沒有，我都要拿一個來當晚餐。」

「可是不行啊，」女兒說，「派沒回來，妳要怎麼吃？我很確定它們沒回來。」

「就是可以，」母親說，生起氣來，「孩子，馬上去把狀況最好的那個拿過來。我的牙口一定應付得了。」

「最好或最壞都一樣，」女兒快快地回答，「因為我全都吃了，所以在派回來以前，妳一個也沒得吃——就這樣！」

唔，這位母親跳起來去查看，瞥一眼就知道，除了空盤子以外什麼也沒有。她的希望破滅了。

既然沒晚餐可吃，只好坐在門前的階梯上，拿出紡紗桿開始紡紗。她一面紡紗一面唱道：

「我女兒今天吃了五個派，

我女兒今天吃了五個派，

今天竟然吃了五個派。」

因為這件事讓她詫異極了。

那個國家的國王正好路過，反覆聽到那首歌，但聽不清歌詞。於是停下馬，問道：

「我的好女人，妳在唱什麼？」

母親雖然被女兒的胃口嚇壞了，但並不希望別人知道這件事，更別說國王，於是改口唱成：

「我女兒今天紡了五束紗，

我女兒今天紡了五束紗，

今天竟然紡了五束紗。」

「五束紗！」國王驚呼，「以我的束帶和王冠發誓，我從沒聽過有人有這般能耐！是這樣的，我一直在找結婚對象，妳女兒一天可以紡出五束紗，正好適合我。只是，注意了，這一年的頭十一個月，她可以坐擁王后高位，不管想吃什麼東西，想擁有什麼衣袍，想與什麼同伴為伍，全都照她的意思安排，一切都可以隨心所欲。但是到了第十二個月，她就得開始工作，一天紡出五束紗來，要是她辦不到，就是死路一條。來吧！就這麼說定了？」

這位母親同意了。她覺得這樁婚事對女孩來說好極了。至於五束紗的事情呢？時間綽綽有餘，不必急著煩惱。世事難料，到時搞不好國王就忘得一乾二淨。

總之，她女兒有足足十一個月可以當王后。於是兩人結為連理；頭十一個月，新娘過得快樂無比。無論她想吃什麼、想穿什麼、想找什麼人作伴，全都心想事成。她丈夫，也就是國王，待她非常好。但到了第十個月，她開始想起那五束紗的事情，忖度國王是否還記得。到了第十一個月，她連做夢都會夢見五束紗的事。可是，對於這件事，她丈夫，也就是國王，卻絕口不提。她希望他早已忘記。

但是到了第十一個月的最後一天，她丈夫，也就是國王，帶她走進她從未見過的房間裡。那裡有一扇窗，裡頭除了一張板凳和紡車之外，空無一物。

「好了，我親愛的，」他用和善的語氣說，「妳從明天早上開始會跟食物和亞麻一起關在這裡。如果到了晚上還沒紡出五束紗，妳的人頭就會落地。」

她驚恐至極。她這姑娘向來粗心大意，凡事不經大腦，從沒學過怎麼紡紗。她明天該怎麼辦，她想也想不通，沒人可以幫她。現在她貴為王后，母親也不住附近。於是她鎖上房門，坐在板凳上哭哭啼啼，哭到那雙美麗眼睛紅通通的。

她坐著流淚啜泣的時候，聽到門底下傳來奇怪細小的聲音。起初她以為是老鼠。接著她想到可能是什麼在敲門。

於是她起身開門，結果映入眼簾的是什麼？哎！是一個小不隆咚的黑色東西，有一條長長的尾巴，無比迅速地甩來甩去。

「妳為了什麼在哭？」那個東西問，鞠了個躬，轉動尾巴的速度快到她幾乎看不清。

「關你什麼事？」她說，稍微畏縮一下，因為那個東西非常古怪。

「如果妳會害怕，就別看我的尾巴，」那個東西說，笑容詭祕，「改看我的腳趾好了，不是滿美的嗎？」

那個東西腳上踩著有大大蝴蝶結的帶釦高跟鞋，非常時髦。

於是她有點忘了尾巴的事情，也不那麼害怕了。那個東西再次追問她哭泣的原因，她起身並說：「告訴你也沒好處。」

「難說喔，」那個東西說，尾巴轉得越來越快，將腳趾頭往前一伸，「來，快告訴我，這才是好女孩。」

「唔，」她說，「要是沒好處，也不會有壞處。」於是她擦乾美麗的眼睛，將來龍去脈都跟那個東西說了，關於派餅和紗束的事。

那個小小的黑色東西差點笑破肚皮。「如果只是那樣，我三兩下就可以處理好！」它說，「我每天早上會到妳的窗前來，拿走亞麻，紡成五束紗，晚上再帶回來。來吧！就這麼說定嘍？」

她雖然向來粗心大意，做事不經大腦，這會兒卻也謹慎起來：

「那你要什麼當作代價？」

那個東西快速轉著尾巴，快到你看不清，然後伸出美麗的腳趾，笑容詭祕，用眼角餘光瞅著她。「我每天晚上會讓妳猜我叫什麼名字，妳每天晚上可以猜三次。等一個月過去，妳還猜不到的話，那麼——」那個東西將尾巴轉得更快，更往前探出腳趾，吃吃竊笑得更厲害，「妳就會是我的人了，我的美人兒。」

每天晚上猜三次，整整一個月！她確定至少猜名字這種事自己能辦得到，也沒其他辦法可以處理眼前的難題了，於是她只是說：「好！我同意！」

哎呀！看那個東西轉著尾巴，一鞠躬，笑容詭譎，伸出美麗的腳趾頭。隔天，她丈夫又帶她到那個奇怪的房間，那裡放了一天份的食物和紡車，還有一大捆亞麻。

「就這樣了，我親愛的，」他彬彬有禮說，「記得！如果今晚沒有紡出五束紗，妳的腦袋恐怕就保不住了！」

聞此，她開始顫抖。他離開並鎖上門之後，她正想好好哭一場，這時傳來敲窗的奇怪聲響。她立刻起身開窗，坐在窗櫺上的正是那個小小黑色東西，它懸著美麗的腳趾，甩動尾巴的速度快到你幾乎看不見。

「早啊，我的美人兒，」那個東西說，「來吧！把亞麻拿過來，這才是好女孩。」

於是她將亞麻交給那個東西，關上窗戶，然後吃起東西，因為你也知道，她的胃口向來很好，而她丈夫，也就是國王，承諾給她任何想吃的東西。所以她盡情吃喝，直到心滿意足。當夜晚來到，她再次聽見敲窗的奇怪聲響，她起身去開窗，那個小小黑色東西的手臂上正掛著五束紗！

它的尾巴越轉越快，伸出美麗的腳趾，一鞠躬，面帶詭祕的笑容，將五束紗交給她。接著那個東西說：「現在，我的美人兒，我叫什麼名字呢？」

她輕輕鬆鬆回答，「叫比爾。」

「不，不是，」那個東西說，轉著尾巴。

「叫奈德。」她說。

「不，不是。」那個東西說，尾巴越轉越快。

「唔，」她更用心地說，「叫馬克。」

「不，不是，」那個東西說，哈哈笑不停，尾巴轉得快到你看不清，然後轉眼便飛走了。

她丈夫，也就是國王，走了進來，發現五捆紗已經準備好，相當滿意，因為他對美麗的妻子懷有深情。

「我暫且不會差人砍掉妳的腦袋，我親愛的，」他說，「我希望其他幾天都能快快樂樂度過。」接著他道了晚安，鎖上門留她一人在房裡。

可是隔天早上，僕役帶了新鮮的亞麻過來，以及更加可口的餐點。那個小小黑黑的東西過來敲窗，伸出美麗的腳趾，尾巴越轉越快，拿走那捆亞麻，到了晚上，帶回紡好的五束紗。然後那個東西要她猜三次名字，但她怎麼都猜不中，那個東西笑了又笑，然後飛走了。

每天早晚，同樣的情景反覆上演，每到晚上她就猜三次名字，但一直沒猜對。一天天過去，那個東西越笑越大聲，笑容更詭祕，用眼角餘光帶著惡意瞟著她，最後她開始害怕起來，放下所有留給她的珍饈美食不吃，成天努力想著要猜什麼名字。但她遲遲沒猜中。

就這樣，距離這個月的最後一日只剩一天，那個小小的黑東西在晚上來到，帶著已經紡好的五束紗，笑得合不攏嘴：

「妳知道我叫什麼了嗎？」

她這陣子都在讀聖經，於是猜說：

「是尼哥底母嗎？」

「不，不是，」那個東西說，尾巴轉得快到讓人看不見。

「是撒母耳嗎？」她說，心慌意亂。

「不，不是，我的美人兒。」那個東西咯咯笑，一臉惡意。

「唔——是瑪士撒拉嗎？」她說，泫然欲泣。

接著那個東西只是用炭火般的眼睛盯著她，並說：「不，也不是，所以只剩明天晚上，到時候妳就會成為我的人，我的美人兒。」

那個小小黑黑的東西就這樣飛走了，尾巴又轉又甩，速度快到你看不明。

她情緒低潮到連哭都哭不出來，但她聽到丈夫，也就是國王，來到門前，她故作爽朗，強顏歡笑。他說：「棒極了，夫人！又是五束紗！我暫且不必差人砍掉妳的腦袋，我親愛的，這點我很確定，我們好好享受一番吧。」然後他令僕人端來晚餐，並另搬一張凳子過來好坐在王后身邊。兩人肩並肩坐在一起，相親相愛。

但是可憐的王后什麼也吃不下；她忘不了那個小小的黑東西。國王才吃一兩口就噗哧笑出來，笑得又久又大聲，最後可憐的王后無精打采說：

「你為什麼笑成這樣呢？」

「笑我今天看到的事情啊，我的愛，」國王說，「我出門打獵，碰巧來到一個沒到過的地方。是在樹林裡，那裡有個舊白堊礦坑，礦坑裡傳出哼哼唱唱和嗡嗡響的聲音。所以我下了小馬，去看聲音從哪來的。我靜靜走到那個坑洞的邊緣，往下一瞧。妳想我看到什麼了？是我所見過最古怪、最矮小的黑色東西。它有個小小紡車，沒命似地匆匆紡著紗，但輪子的速度都還比不上它尾巴快，尾巴轉啊轉不停——呴－呴－哈－哈！——我從沒看過那種東西。它的小腳穿著帶釦的鞋子，上頭還有蝴蝶結，上上下下急著踩個不停。同時，那個小小的黑東西繼續反覆大聲說著：

「猜得中，猜不中，
誰猜得到是湯姆－提特－塔特。」

當王后聽到這些字眼時，差點歡喜得跳起來，可是她忍住什麼都不說，舒舒服服享用晚餐。

隔天那個小小的黑東西來拿亞麻時，她也一字不吭，但這回她心知自己已經占了上風，看它一臉幸災樂禍，她差點忍俊不住。夜幕降臨，她聽到敲窗的聲音，她刻意沉著臉，彷彿害怕似地緩緩打開窗戶。但那個東西可大膽了，直接跳進來，笑得咧開嘴。噢，我的天，它的尾巴又轉又甩！

「怎麼，我的美人，」那個東西說，將五束紡好的紗交給她，「我叫什麼名字啊？」

她嘴角下垂，帶著哭腔說：「是——不是——所羅門？」

「不，不是，」那個東西哈哈笑，眼角露出了自鳴得意的神情。那個小小黑黑的東西更往房間裡走。

於是她再試一次——這次裝作因為害怕而吞吞吐吐。

「唔——是不是——西庇太？」她說。

「不，不是，」這個小惡魔說，歡天喜地。它越來越靠近，朝她伸出了小小黑手，噢，它的尾巴啊……！

「慢慢來，我的美人兒，」那個東西說，有點嘲弄的意思，小小的黑眼睛似乎就要吞掉她。「慢慢來！記得！再猜錯一次，妳就是我的人了！」

她微微往後退開，因為它看起來很可怕。不過接著她放聲一笑，用手指著它並說：

「猜得中，猜不中，
你的名字就叫湯姆—
提特—

塔特。」

那個小小黑黑的東西所發出的尖叫聲是你前所未聞的。它的尾巴直直往下垂，雙腳皺縮起來，最後遁入黑夜中，她自此不曾再見過它。

從此以後，她和丈夫，也就是國王，過著幸福快樂的生活。

§ 豆知識

英國類似的故事包括約克郡（Yorkshire）的《哈貝特洛特與助手》（*Habetrot and Scantlie Mab*）、德文郡（Devonshire）的《達菲與魔鬼》（*Duffy and the Devil*）。這種猜名字的故事，還有蘇格蘭的《Peerifool》。當然，這個故事也和格林童話中的《侏儒妖》（*Rumpelstiltskin*）十分相似。

這是有史以來最好的英國民間故事之一，遠勝於其他變種自歐陸故事的版本。這類猜名字故事中包含了一種迷信：以前大多相信，如果名字被別人知道，就等於讓人擁有能駕馭你的力量，也因此故事中的怪物們都不願說出自己的名字。

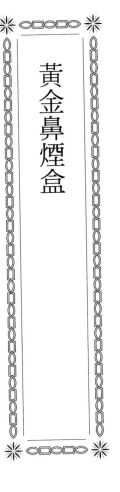

黃金鼻煙盒

從前從前，那是個美好的年代，雖然不是我的時代，也不是你的時代，更不是任何人的時代，住著一個男人和女人，他們有個兒子叫傑克，他非常喜歡看書。他埋頭苦讀，讀了又讀，因為他父母住在一座寂寞森林裡的一幢寂寞房子，除了父親和母親，他從未見過其他人。他越來越急著想到世界去闖蕩，看看迷人的公主和那類的事物。

於是有一天他跟母親說，他非得出發不可，她罵他是腦袋空空的蠢蛋，但又補了句，反正他在家也派不上用場，最好出去尋找發跡的機會。然後她問他，想帶著有她祝福的小糕餅在旅途上吃，還是有她詛咒的大糕餅？傑克是個胃口很好的少年，於是就說：

「大塊的，拜託，媽媽。」

於是母親做了塊很大的糕餅，他啟程的時候，她爬上屋頂，對著他連聲詛咒，直到他離開視線。她不得不這麼做，但之後她坐下來失聲痛哭。

傑克沒走多遠，就到了父親正在犁地的田。這個好人發現兒子要出遠門，頓時心亂如麻，聽到他選了母親的詛咒，更是心慌意亂，於是絞盡腦汁，想著該如何挽回頹勢，最後從口袋拿出一只小小的黃金鼻煙盒，交給了少年，並說：

「如果你突然面臨死亡的危機，就可以打開盒子，在那之前都不能打開。這盒子在我們家族裡已經傳承多年，可是因為我們靜靜住在森林裡，從來不需要幫忙——也許你用得上。」

於是傑克將那個黃金鼻煙盒收進口袋，繼續上路。

一陣子之後，他疲憊不堪，飢腸轆轆，吃完那塊大糕餅。夜幕四合，暗得他幾乎看不見前路。

但他最後來到一棟大房子，在後門那裡乞求對方提供食宿。傑克是個相貌俊秀的年輕人，於是女僕立刻叫他進屋，到火爐旁邊取暖，拿了不少餐點、麵包和啤酒給他。他在吃晚餐的時候，主人爽朗的年輕女兒正巧走進廚房看見他。她去找父親，告訴他屋後廚房裡有個她所見過最俊美的小伙子。如果父親愛她，就給那位年輕人一個工作。這棟房子的男主人非常喜愛他爽朗的年輕女兒，不想惹她不高興，於是走到後頭的廚房，問傑克能做什麼。

「什麼都可以。」傑克快活地說，意思當然是屋子裡的愚蠢小事都沒問題。

但是男主人看出有個辦法既可以取悅爽朗的年輕女兒，同時又能省去雇用傑克的麻煩，於是他笑著說：「如果你什麼都辦得到，我的好小伙子，」他說，「你最好這麼做：明天早上八點以前，你要在我的大宅前面挖出圓周長達四英里的湖泊，湖面上一定要有一整個艦隊。艦隊一定要到我的大宅前面列隊，發射禮砲。而最後一擊一定要打斷我女兒睡覺的四柱床床腳，因為她早上老是太晚起床！」

哎！傑克大吃一驚，劈頭就問：

「要是我沒做到呢？」

「那麼，」房子的主人平心靜氣說，「你就會失去你的性命。」

於是他令僕人把傑克帶到塔樓裡的房間，鎖上了房門。

哎！傑克坐在床邊，試著把事情想清楚，可是他覺得腦袋一團亂，於是決定不要多想，禱告完之後便躺下來睡覺。他還真的睡著了！醒來的時候已經接近八點，他衝到窗邊往外一看，塔上的大鐘開始發出嗡嗡聲，準備敲響八點的鐘聲。屋前草地上的花圃有玫瑰、麝香花和金盞花！哎！突然間他想起那個小小的黃金鼻煙盒。

「我夠接近死亡了。」他自言自語，一面拿出盒子。

盒子一開，三個滑稽的小紅人跳出來，頭戴紅色睡帽，邊打哈欠邊揉眼

睛。他們鎖在盒子裡好多年了。

「你想要什麼，主人？」他們邊打哈欠邊說。但傑克聽到鐘嗡嗡作響，知道自己沒有片刻可浪費，於是一股腦說出指令。然後鐘敲響了，那些小人飛出窗外，突然間傳來禮砲聲：

砰！砰！砰！砰！砰！砰！

最後一擊可能射斷了四柱床的床腳，因為爽朗的年輕女兒戴著睡帽站在窗前，驚愕地望著圓周四英里的湖泊，湖面上正有個艦隊！

傑克也一樣驚訝！他這輩子從未見過這樣的景象，那些小紅人飛進窗戶，匆匆忙忙爬進黃金鼻煙盒。

「下次要我們幫忙，要多預留點時間給我們，主人。」他們悶悶不樂說，然後關上盒蓋，傑克可以聽到他們在裡面打哈欠，安頓下來準備入睡。

你可以想像，這房子的主人詫異極了，至於快活的年輕女兒呢，她立刻宣布除了可以做到這樣神奇妙事的年輕人之外，誰也不嫁。其實，當初她就和傑克一見鍾情。

可是她父親生性謹慎。「確實，我親愛的，」他說，「那個年輕人看來很有辦法，可是那可能是機運，而不是技藝。也許他有什麼缺陷也說不定。我們一定要試煉他。」

接著他對傑克說：「我女兒一定要有棟好房子住。所以明天早上八點以前，湖心要有一座立在十二根金柱子上的宏偉城堡，旁邊非有一座教堂不可。而且有關新娘的一切事務都要打點完畢。八點整，教堂務必要響起宣告婚禮的鈴聲。如果沒有，你的性命就不保。」

這次，傑克打算給三個小紅人更多時間完成任務，但他整天玩得不亦樂乎，大啖許多美食，結果睡過頭。塔上的大鐘在敲響八點以前發出嗡嗡聲時，他醒了過來，跳下床，急忙衝去找黃金鼻煙盒，卻忘記自己把盒子收哪去了。大鐘開始敲響，他好不容易在枕頭底下找到了盒子，打開來，急急忙忙說出指令。三個小紅人跌跌撞撞，又打哈欠又伸懶腰，慌亂極了，傑克以為自己肯定小命不保。可是就在鐘敲響最後一聲的時候，傳來了快樂的鈴聲。湖心有座城堡，矗立在十二根黃金柱子上，旁邊有一座教堂。城堡已經布滿婚禮的裝飾，一群又一群的僕人和侍從，全都穿著最好的衣服。

傑克從未見過這樣的景象。那個快活的年輕女兒也沒見過，她正戴著睡帽，從隔壁的窗戶向外望。她看起來如此美麗快活，傑克想到自己還得走回房裡，放三個小紅人飛回黃金鼻煙盒，就覺得老大不高興。可是他們遠比傑克更不高興，因為辛苦趕著完成任務而滿腹牢騷，所以當他們關起盒子開始打鼾，傑克很高興。

傑克和快活的年輕女兒最後當然結婚了，而且過得非常幸福。傑克有華服可穿、美食可吃，有優秀的僕人服侍，還結交了不少好朋友。

他鴻運當頭，還不知道母親的詛咒會在某個時間帶來厄運。

有一天，他跟紳士仕女出門打獵，忘了把黃金鼻煙盒（他擔心意外，向來隨身攜帶）從背心口袋移到緋紅色獵裝外套，留在家裡沒帶出門。僕人摺衣服的時候，鼻煙盒掉在地上，盒蓋飛開，跳出那三個小紅人，邊打哈欠邊伸懶腰。

哎！當他們發現自己並未真的受到召喚，這也不是生死交關的時刻，簡直氣壞了，說他們巴不得帶著城堡、金柱跟一切，遠走高飛。

聽到這番話，僕人豎起耳朵。

「你們辦得到嗎？」他問。

「我們辦得到嗎？」他們說，哈哈大笑，「欸，我們無所不能啊。」

然後那個僕人狡猾地說：「那把我、這座城堡和裡頭的一切，都移到大海的另一邊，讓主人沒辦法打攪我們。」

這些小紅人其實並不需要執行這番指令，可是他們很生傑克的氣，僕人話音方落，任務轉眼已經完成。出門打獵的那群人回來的時候，看哪！城堡、教堂和黃金柱子全都消失不見了！

起初，其他人都認定傑克是個無賴和騙子，大肆攻擊他，尤其是他妻子的父親，威脅要痛打他一頓，因為他騙了快活的年輕女兒。但最後他同意給傑克十二個月又一天的時間，找到城堡並把城堡帶回來。

於是傑克騎著一匹好馬，口袋裡放了些錢，就此出發。

他走得又遠又急，行過東南西北，越過丘陵和谷地，跨過溪谷、山脈、樹林、牧羊場，但一直沒看到失蹤的城堡。最後他來到廣闊世界所有老鼠的國王宮殿。前門有隻小老鼠在站崗，身穿精緻鎖子甲、頭戴鋼帽，要傑克說出身負的任務，才准傑克通行。傑克說了來龍去脈以後，小老鼠放他到下一個老鼠崗哨，也就是內側大門那裡，於是一關接一關，他終於來到鼠王的內殿。鼠王坐在那裡，身邊圍繞著老鼠朝臣。

鼠王非常親切地接待傑克，說自己對失蹤的城堡一無所知，可是身為全世界所有老鼠之王，有些臣民消息可能更靈通。於是下令宮廷大臣隔天早上召開大會，在那之前他好好款待了傑克一番。

可是到了隔天早晨，來自世界各地的棕色老鼠、黑色老鼠、灰色老鼠、白色老鼠和雜色老鼠，他們全都異口同聲回答：

「陛下，我們並未見過失蹤的城堡。」

然後國王說：「你一定要去問我哥哥，他是所有青蛙之王。也許他能告訴你。把你的馬留在這裡，騎我的馬去。牠知道路，會把你安全載到那裡。」

於是傑克騎著國王的馬出發，路過外側大門時，看到那隻小老鼠哨兵正要離開，因為輪班結束了。傑克是個心地善良的小伙子，晚餐時存下了一些麵包屑，要回報小哨兵的好意。於是他將手伸進口袋，撈出那些碎屑。

「喏，鼠仔，」他說，「之前勞煩你了！」

老鼠親切地向傑克道謝，問傑克是否能帶他一起前往青蛙之王那裡。

「不行，」傑克說，「這會惹你國王不高興的。」

可是鼠仔堅持。「或許我可以派上用場。」鼠仔說著便爬上馬後腿，順著馬尾往上爬，最後躲進傑克的口袋。那匹馬跑得飛快，因為牠一點都不喜歡老鼠在牠身上亂竄。

最後傑克來到了所有青蛙之王的宮殿，前門那裡有隻青蛙正在站崗，一身精美甲冑、頭戴銅盔。那隻青蛙哨兵原本不肯放傑克通行，但那隻老鼠呼喊說，他們來自所有老鼠之王那裡，一定要放他們進去，不可有片刻延遲。於是他們被帶到國王的內殿，蛙王正坐在那裡，四周圍繞著一身華服的青蛙朝臣；可是唉！他完全沒聽過金柱上的城堡。雖然隔天早上召喚全世界的青蛙來參加大會，他們都這樣回答蛙王的提問：

「咯嘍咯嘍，咯嘍咯嘍。」

大家都知道那在蛙語裡表示「沒有」。

於是蛙王對傑克說：「只剩一個辦法了。你一定要去問我大哥，所有鳥類之王。他的臣民總是在飛翔，也許看到了什麼也說不定。把你騎的馬留在這裡，騎我的去。馬知道路，會把你安全帶到那裡。」

於是傑克出發，身為好心的小伙子，他從晚餐省了些屑屑下來，送給那個正要下崗的青蛙哨兵。蛙仔要求同行，傑克拒絕帶他上路的時候，蛙仔一跳便上了馬鐙，第二跳上了馬臀鎧甲，再一跳就進了傑克的另一邊口袋。

因為這匹馬不喜歡黏乎乎的青蛙啪噠跳上牠的背，於是像閃電一樣飛馳而去。一陣子之後，傑克來到所有鳥類之王的宮殿，前側大門那裡有一隻麻雀和一隻烏鴉，肩上扛著火繩槍，來回踱步。傑克看到這個景象，笑得前俯後仰，老鼠和青蛙從他的口袋裡呼喊：

「我們是從國王那裡過來的！老兄！讓我們過去。」

哨兵覺得很驚奇，刻不容緩，放他們通行。

他們來到國王的內殿，鳥王坐在那裡，周圍有各種鳥類，像山雀、鷦鷯、鸕鶿、斑鳩等。鳥國說很遺憾，可是他沒聽說過失蹤城堡的事，不過隔天早上立刻將全世界的所有鳥類召喚過來舉行大會，他們都沒看過也沒聽過失蹤城堡的事。

傑克心灰意冷，最後鳥王說：「可是老鷹在哪裡？我沒看到我的老鷹。」

接著宮廷大臣——是隻山雀——上前來一鞠躬並說：

「陛下，他遲到了。」

「竟然遲到，」鳥王氣乎乎說，「立刻喚他過來。」

於是兩隻雲雀飛進空中，最後遠到不見蹤影，他們放聲高唱，最後老鷹終於出現了，

因為飛得太急而汗流浹背。
鳥王說：「先生！你有沒有看到站在十二根金柱上的失蹤城堡？」
老鷹眨了眨眼並說：「陛下，我剛剛就在那邊。」
大家都欣喜若狂，老鷹吃了整隻小牛之後，體力足以應付這趟旅程，展開寬闊的翅膀，遵照鳥王的命令，帶城堡主人趕往失蹤的城堡。傑克站在老鷹翅膀上頭，一邊口袋是老鼠，另一邊口袋是青蛙。
他們飛越陸地，飛越海洋，最後終於在遠處看到立在十二根金柱上的城堡，但所有的門窗都緊緊關上，而且還加了欄杆。當初帶著城堡溜走，升任主人的那位僕人，出門打獵去了。他不在家的時候總是把門窗拴起來，免得有人帶著城堡逃跑。
當傑克正納悶，該怎麼拿回黃金鼻煙盒時，鼠仔說：
「我去拿吧，每個城堡裡總是有個鼠洞，我一定進得去。」
於是鼠仔走了開來，傑克忿忿地在老鷹翅膀上等待，最後鼠仔出現了。
「拿到了嗎？」傑克喊道。鼠仔嚷嚷：
「拿到了！」

大家都開心不已，出發返回所有鳥類之王的宮殿，就是傑克留下馬匹的地方。既然黃金鼻煙盒到手了，他知道自己不管何時想要，都能派三個小紅人去把城堡拿回來。但在橫越大海的路上，傑克站了太久，筋疲力盡，於是躺在老鷹翅膀之間睡著了，老鼠和老鷹開始吵架，爭相說自己對傑克的功勞最大。兩方吵得不可開交，最後鼻煙盒擺在了青蛙面前。青蛙是個非常明智的裁判，說他一定要從頭開始考量整件事，於是老鼠從傑克口袋拿出黃金鼻煙盒，開始娓娓述說在哪裡找到盒子，以及其他種種。就在這一刻，傑克醒了過來，腿一蹬，黃金鼻煙盒噗通掉到海底了！

「我本來就在想，總會輪到我出力的。」蛙仔說，追著盒子噗通跳進海裡。

唔，他們等了又等，足足等了三天三夜，但蛙仔一直沒再出現。他們萬念俱灰，才剛放棄的時候，蛙仔的鼻子探出了水面。

「拿到了嗎？」他們大喊。

「沒有！」蛙仔說，氣喘吁吁。

「那你想幹嘛？」他們怒喊。

「想換口氣。」蛙仔說，語畢，又沉了下去。

他們又等了兩天兩夜，最後蛙仔啣著黃金鼻煙盒浮上水面。他們全都喜出望外，老鷹以前所未有的速度，急急飛向鳥類之王的宮殿。

無奈的是，傑克的麻煩還沒結束；他母親的詛咒依然為他招來厄運。鳥類之王勃然大怒，因為傑克沒把黃金柱子的城堡帶回來。鳥王說，除非在明天早上八點看到城堡，否則傑克就要因為騙人和說謊而身首分家。

既然瀕臨死亡，傑克打開黃金鼻煙盒，三個小紅人戴著三頂小紅扁帽，從盒子裡翻滾出來。他們的氣已經消了，很高興能夠回到真正的主人身邊。至少這個主人很清楚，按規定，他們只能在有死亡威脅的時候運作。之前那位轉任主人的僕人老是沒來由地打開盒子，無端打攪他們的睡眠。

隔天早上時鐘敲響八點以前，十二根金柱的城堡就聳立在眼前，鳥類之王非常滿意，讓傑克騎上自己的馬，前往青蛙之王的宮殿。但是發生了同樣的狀況，可憐的傑克不得不再次打開鼻煙盒，下令城堡來到青蛙之王的宮殿。聽聞此事，三個小紅人有點不高興，但是也莫可奈何，於是雖然打著哈欠，還是把城堡帶來了。傑克獲准騎著自己的馬，前往全世界老鼠國王的宮殿。但是事態重演，三個小紅人暴跳如雷，從鼻煙盒踉踉蹌蹌走出來，抱怨說這樣乾脆都不用睡了嘛！不過，他們還是聽令行事，將金柱城堡從青蛙之王的宮殿，帶到了老鼠之王的宮殿，傑克獲准騎著自己的馬回家。

不過，一年又一天的寬限期幾乎快結束了，快活的年輕妻子為了英俊的年輕丈夫傑克幾乎哭壞眼睛，終於死心了。看到他的時候，大家好生驚訝，看到他沒帶城堡回來，也不怎麼高興。事實上，他的岳父還連聲咒罵，發誓說如果明天早上八點以前，城堡沒回到原本的地點，傑克的小命就不保。

這當然是傑克一開始的打算和意圖，因為死亡迫在眉睫，他可以打開黃金鼻煙盒，只是他近來太常打開盒子，讓那些小紅人氣得七竅生煙。傑克不知如何是好，到底要給他們時間好好發洩情緒，還是要他們趕快擺脫情緒。最後他決定一半一半。時鐘的指針顯示只剩五分就八點時，他打開盒子，然後用手塞住耳朵。

啊！你從未聽過這樣打著哈欠，一面痛罵、威脅加咆哮的聲音。這是什麼意思？一件事為什麼要重複四次？如果他老是怕死，幹嘛不死一死算了？

在這一切的亂象中，塔樓上的鐘開始嗡嗡響——

「先生們！」傑克說，嚇得直發抖，「照我的吩咐做。」

「這是最後一回了，」三個小紅人尖聲說，「我們不願意留在一個天天以為自己要死掉的主人身邊服侍他。」

說完便飛出窗外。

永遠沒再回來。

黃金鼻煙盒從此永遠空空如也。

但是當傑克望出窗外，湖心就是那座由十二根黃金柱子支撐的城堡。他的年輕妻子如此美麗快活，戴著睡帽，也望著窗外。

他們從此過著幸福快樂的生活。

豆知識

在凱爾特故事中，也可以找到擁有神奇力量的鼻煙盒這個設定。

選帶有祝福的小糕餅或是被詛咒的大糕餅這個橋段也十分常見。不過最相似的故事，包括故事中的老鼠等角色，可以在法國民俗學家的著作《小亞細亞民間傳說》（*Traditions populaires de L'Asie Mineure*）中找到。

這個故事也和《阿拉丁》有許多相似之處，也和印度傳說故事中的《魔法戒指》（*The Charmed Ring*）相似。

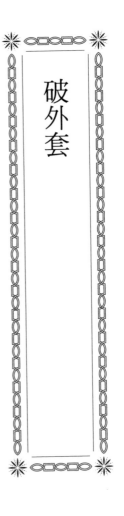

破外套

海邊有一座大宮殿，那裡住著一位非常富有的老貴族，他沒有妻子，也沒有在世的孩子，只有一個小孫女，從孫女出生以來就沒看過她的臉。他痛恨小孫女，因為在她出生時，他最心愛的女兒死於難產。老奶媽將寶寶帶到他面前，他咒罵說，寶寶是死是活他都無所謂，可是只要寶寶活著一天，他永遠都不會正眼看她一眼。

於是他別過身子，端坐窗邊眺望大海，為他失去的女兒流下斗大的淚珠，最後他的白髮和白鬍往下長過肩膀，繞過椅子，鑽進地板的縫隙。他的淚水滴落在窗檯上，在石頭上鑿出了一條水道，像一條小河似的流向大海。同時，他孫女在無人呵護，也沒人幫忙打扮的情況下漸漸長大，只有老奶媽有時會趁沒人在場的時候，從廚房拿點剩菜剩飯給她，或是從碎布袋裡拿件有破洞的裙子給她。宮殿裡的其他僕人會出手打她，冷言冷語，將她趕出屋外，或是指著她的赤腳和肩膀，罵她「破外套」，直到她哭著跑開，躲進樹叢裡。

她就這樣逐漸長大，沒有多少東西可以吃或穿，日子往往都在戶外度過，唯一的同伴是個跛腳的趕鵝人，他會帶著鵝群到公有地吃東西。這個趕鵝人是個古怪快樂的小傢伙，不管她肚子餓、覺得冷或覺得累，他都會快活地吹奏小笛子給她聽，讓她忘記所有的憂煩，然後把那群吵雜的鵝當舞伴，跳起舞來。

有一天，人們奔相走告，說國王即將經過這片土地，打算為這國家的領主和仕女，在附近城鎮舉行一場盛大的舞會。他的獨子，也就是王子，即將從與會的人當中挑選王妃。不久，皇室發出的舞會邀請送到了海邊的宮殿，僕人帶去給老貴族，他依然坐在窗邊，被長長的白頭髮包裹著，對著那條由他淚水餵養的小河哭泣。

但是當他聽到國王的命令，便擦乾眼睛，要僕人帶剪子過來，解除他的束縛，因為頭髮牢牢綑綁著他，讓他成了囚徒，整個人動彈不得。接著他派他們去張羅華麗的服飾和珠寶供他穿戴，也要他們替白馬上鞍，用黃金和絲綢加以妝點，好讓他騎去晉見國王。但他忘了有個孫女該帶去舞會。

同時，破外套坐在廚房門邊哭泣，因為她沒辦法見識那些華麗的場面。老奶媽聽到她在哭，於是去找宮殿的領主，求他帶孫女去參加國王的舞會。

但他只是皺著眉頭，要她閉嘴別說話。僕人們哈哈笑著說：「破外套穿著破衣，跟那個趕鵝人一起玩就開心了！別管她——她只適合過這樣的生活。」

老奶媽再三懇求老爺讓女孩同行，但只是招來惱怒的臉色和兇狠的話語。那些僕人對奶媽又是動手，又是嘲諷，將她趕出房外。

老奶媽因為勸說未果而傷心落淚，去找破外套，但女孩已經被廚子趕出門外，跑去跟她朋友趕鵝人說，她不能去國王的舞會，有多不快樂。

趕鵝人聽了她的故事，要她開心起來，提議一起到鎮上去看國王跟那些美麗的事物。她低頭哀傷地看著自己身上的破衣和赤腳，他在笛子上吹了一兩個音符，樂聲如此歡樂快活，讓她忘了眼淚與憂愁。轉眼間，趕鵝人牽起她的手，由鵝群領頭，兩人在通往城鎮的路上邊跳著舞邊前進。

「跛腳的人想要的話，也是能跳舞的。」趕鵝人說。

他們沒走多遠，有個穿著錦衣華服的俊美青年騎著馬過來，停下來問路，想知道怎麼到國王暫住的城堡去。當他發現兩人也要往那裡去，便下了馬，跟他們一起順著馬路走。

「你們看起來好開心，」他說，「很適合作伴。」

「很適合作伴，這倒是真的。」趕鵝人說，吹了一首不是舞曲的新曲子。

這條曲子很奇特，使這個陌生青年盯著破外套看，直到看不到她那身破衣，直到除了她那張美麗的臉龐，他什麼也看不見。

接著他說：「妳是世界上最美的姑娘，妳願意嫁給我嗎？」

趕鵝人暗地笑著，奏出比之前更甜美的曲調。

可是破外套呵呵笑。「不行，」她說，「如果你娶一個趕鵝女當妻子，可是會抬不起頭的，我也一樣！去向國王今晚舞會上的仕女求婚吧，不要捉弄可憐的破外套。」

可是她越是拒絕他，笛聲就越發甜美，而青年就更陷入熱戀。最後他哀求她那晚十二點來國王的舞會，就照她原本的樣子，帶著趕鵝人和他的鵝一起，穿著破裙子、赤著腳，看看他會不會在國王跟王公貴族面前邀她共舞，以他親愛且可敬的新娘身份，將她介紹給眾人認識。

起初，破外套說她不願意，但趕鵝人說：「好運來的時候就要把握，小傢伙。」

當夜晚來臨，城堡的大廳燈火輝煌、樂聲悠揚，王公貴族在國王面前起舞。鐘聲敲響十二下時，破外套和趕鵝人，背後跟著他嘶嘶叫、搖頭晃腦的吵雜鵝群，從大門進來，直直走向舞會大廳。兩側的仕女交頭接耳，貴族男士哈哈笑，坐在遠端的國王驚奇不已，目瞪口呆。

但他們來到王座面前時，破外套的戀人從國王身邊翩然起身，走過來迎接她。他執起她的手，在眾人面前吻了三回，然後轉身面向國王。

「父王！」他說——原來他正是王子本人——「我已經做好選擇，這位就是我的新娘，這片土地上最美麗的女孩，也是最甜美的一個！」

話還沒說完，趕鵝人便將笛子湊到嘴邊，吹了幾個音符，聽起來好似遠方樹林的鳥鳴。他吹奏的時候，破外套身上的破衣變成了閃亮的長袍，上面綴滿晶晶發亮的珠寶，金髮上頂著金皇冠，背後的鵝成了一隊優雅的侍從，替她提起長長的裙擺。

國王起身迎接她作為自己的媳婦時，號角高聲響起，向這位新王妃致敬。城堡外頭街上的民眾通風報信：

「啊！王子選了這片土地上最美麗的女孩當妻子了！」

但趕鵝人從此消失蹤影，沒人知道他的下落。老貴族再次回到海邊的宮殿，他發誓過絕對不看孫女的臉，因此無法留在宮廷裡。

他依然坐在窗邊，比先前哭得更哀痛，也許終有一天你會看到他的樣子。白髮將他綁縛在砌石上，淚水涓滴成河，流向了大海。

豆知識

專門研究灰姑娘的英國民俗學家考克斯（Marian Roalfe Cox）認為，這個故事與灰姑娘的相同之處只有卑鄙的配角和最終幸福美滿的婚姻。

這個故事最有趣的地方在於，故事裡沒有任何「仙子」或超自然元素，除非把趕鵝人的笛子也算進來，這是賦予這個故事童話元素的重要道具。

這個故事實際上是國王和乞丐女（The King and the Beggar Maid）的散文變體。是一個單純民間故事的絕佳範例，當中也沒有任何非自然情節，足以把民間故事轉化成我們熟知的民間傳奇。

三根羽毛

從前從前，有個女孩受到她從未見過的男人追求並結了婚。他總在夜幕降臨後才來追求她；兩人成婚之後，他永遠天黑過後才返家，而且總在黎明以前離開。

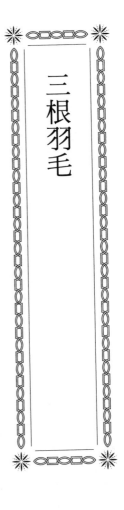

他對她很好，不管她想要什麼，都讓她如願以償，於是她好一陣子都心滿意足。可是，不久，她有些朋友——無疑是嫉妒她的好運——開始交頭接耳說，那個她沒見過的丈夫一定有什麼可怕的地方，才那麼討厭被人看見。

打從一開始，這女孩就想不通，戀人為何不像其他女孩的戀人那樣，公開在白天追求她。起初她不理會鄰人意有所指的點頭和眨眼，最後卻開始忖度，也許他們說的有道理。於是她決心親眼看看。有天晚上，她聽見丈夫走進房裡，便突然點亮蠟燭，看到了他。

看哪！他真是俊美極了，美到足以讓全世界的每個女人當場墜入愛河。可是她瞥見他的那一瞬間，他便化為了一隻棕色大鳥，望著她，眼神充滿憤怒和指責。

「因為妳做了背信的事，」大鳥說，「妳再也見不到我，除非妳足足七年又一天，忠心耿耿為我效力。」

她哭得涕淚縱橫。「只要你回來，要我花七倍的時間為你效力我也願意。告訴我該怎麼做。」

這個鳥丈夫說：「我會替妳安排工作。妳必須留在那裡好好服務七年又一天。凡是想拐妳離開那份工作的男人，妳一概不能聽信。要是妳信了，我便永遠不會回來。」

女孩同意了，鳥兒展開寬闊的棕色翅膀，帶她前往一座大宅。

「他們這裡需要一位洗衣女傭，」鳥丈夫說，「進去求見女主人，說妳願意做這份工作，可是要記得，妳一定要持續七年又一天。」

「可是我連七天都做不來，」女孩回答，「我既不會洗衣也不會熨燙。」

「那無所謂，」鳥回答，「妳只需要從我翅膀底下，心臟附近那裡，拔下三根羽毛。不管什麼事，只要妳吩咐下去，這些羽毛都會照做。妳只需要將羽毛放在手上並說：『憑著我真愛心口上的三根羽毛，願此事可以完成。』事情就會順利完成。」

女孩從鳥翅下面摘下三根羽毛之後，鳥兒便飛走了。

女孩照著鳥兒的吩咐做。大宅的女主人雇用了她。從來沒有動作這麼快的洗衣女僕，她只需要走進洗衣房，拴上門，關上窗板，免得有人看到她在做什麼，然後拿出三根羽毛並說：「憑著我真愛心口上的三根羽毛，願點火煮沸大水壺，衣服分類、清洗、滾沸、晾乾、摺好、軋壓、熨燙。」看！衣物自行滾到桌上，乾淨潔白，只待收納。女主人非常欣賞她，說不曾見過這麼優秀的洗衣女僕。四年過去了，也不見女傭求去。但其他僕人越來越嫉妒她，又因為她長得很漂亮，所有的男僕紛紛愛上她、想娶她為妻，而嫉意更深。

但她不肯接受他們當中的任何一個，因為她一直苦苦等待，渴望她的鳥丈夫以人類的模樣回到她身邊。

其中一個對她有意思的是矮胖的管家，有一天他從酒館回來，湊巧路過洗衣房，聽到有個聲音說：「憑著我真愛心口上的三根羽毛，願點火煮沸大水壺，衣服分類、清洗、滾沸、晾乾、摺好、軋壓、熨燙。」

他覺得事有蹊蹺，便透過鑰匙孔往內窺看。那個姑娘輕輕鬆鬆坐在椅子裡，所有的衣物自動飛到桌上，洗好理好，只需收納即可。

那天晚上，他來找這女孩，說如果她再繼續拒絕他和他的求婚，他就去通報女主人，說她的好洗衣婦是個女巫。女孩即使不被活活燒死，也會丟掉這份差事。

女孩心亂如麻，不知如何是好，如果不忠於她的鳥丈夫，如果不在同一份差事上投入七年又一天，丈夫可能不會回來。於是她編了個藉口，說如果對方給的錢無法滿足她的話，她絕對不會考慮。

聞此，矮胖的管家哈哈笑。「錢嗎？」他說，「我可有七十鎊寄放在主人那裡，這樣妳滿足了嗎？」

「可以。」她回答。

於是隔天晚上，管家拿著七十鎊金幣來找她，她拉出圍裙兜起那些金幣，說她滿足了。因為她想了個計畫。他們一起上樓的時候，她停下腳步說：

「管家先生，容我告退。我忘了關洗衣房的窗板，我得去處理一下。要不然整晚撞得砰砰響，會吵到主人和女主人！」

雖然管家又矮又胖，而且有了年紀，但他急著表現出年輕英勇的樣子，於是立刻說：

「我的美人兒，妳不必親自出馬，我去關就行。一下就好！」於是他出發了，他前腳剛走，她立刻拿出三根羽毛，放在手上，急匆匆說：

「憑著我真愛心口上的三根羽毛，願窗板砰砰作響直到凌晨，願管家先生的雙手忙著關窗板。」

狀況正如她說的。

管家先生關上窗板，但是——噗咻！窗板又鬆開了。他又關起來，這一次窗板猛地打開時，還打到他的臉。可是他無法停手，只能繼續下去。於是他一整晚都待在那裡。大聲詛咒，窗板砰砰響，破口大罵，奮力關窗，再三反覆，直到黎明為止。他累到生不了氣，只能灰頭土臉回到床上。他下定決心，不管怎樣，絕口不跟任何人說起自己的遭遇，免得招人訕笑。他一聲也不吭，女孩則留著那七十鎊，偷偷嘲笑當不成她戀人的管家。

不久，一直想要迎娶聰明漂亮洗衣女僕的馬車夫，他是個瀟灑的中年男人，到幫浦那裡替馬匹提水的時候，碰巧聽到她對三根羽毛下令。他跟管家一樣也透過鑰匙孔偷窺，見到她一派輕鬆坐在椅子裡，衣物全都洗好熨好軋壓完畢，自行飛到桌面上。

如同管家，他也去找這女孩並說：「我逮到妳的把柄了，我美麗的姑娘。可別拒絕我，要是妳敢拒絕我，我就跟女主人說妳是巫婆。」

女孩平心靜氣說：「沒錢的人我不考慮。」

「如果只是這樣，」馬車夫說，「我有四十鎊寄放在主人那裡。我明天晚上會帶過來，然後換取回報。」

晚上到了，女孩拉起圍裙接下那些錢。她登上樓梯的時候，突然停下腳步說：「唉呀！我把衣物忘在晾衣繩上了。等一下，我去收進來。」

馬車夫是個客氣有禮的傢伙，於是立刻說：

「我去就好。外頭又冷，風又大，妳會感冒的。」

於是他去了，女孩拿出羽毛並說：

「憑著我真愛心口上的三根羽毛，願那些衣物猛甩猛飛，直到黎明，願馬車夫先生沒辦法把衣物收攏起來，或是雙手忙不過來。」

她說完之後，靜靜上床就寢，因為她知道會發生什麼事。確實也是如此。馬車夫先生從來沒碰過這樣的夜晚，濕答答的衣物在他耳邊甩動翻飛，床單把他裹成一捆，絆倒他，毛巾猛甩他的雙腿。雖然他渾身發疼，卻不得不繼續下去，直到黎明來臨。馬車夫筋疲力盡，愁容滿面，連悄悄上床就寢都沒辦法，因為他還得餵馬匹吃糧秣喝水！他怕被人嘲笑，對這件事也隻字不提。於是聰明的洗衣女僕將那四十鎊跟之前的七十鎊一起收進盒子裡，然後開開心心繼續工作。不過，過一陣子之後，男僕——一個誠實無欺、動了真情的小伙子——路過洗衣房，往鑰匙孔偷窺他親愛的對象，竟然看到她一派自在坐在椅子裡，摺好和熨好的衣物逕自飛到桌面上。

他看到這個場面時，心中苦惱無比，於是去找主人，將所有的存款提領出來。再去找那個姑娘，告訴她說，如果她不同意嫁給他，他就要通報女主人他目睹的真相。

「是這樣的，」他說，「我在男主人身邊服務好一陣子，存到這筆錢，妳在這裡也工作不少時間，肯定也有了點積蓄。咱們把存款合起來，一起建立家庭吧，婚後妳想繼續工作也可以。」

她試著要他打消念頭，但他非常堅持，最後她只好說：

「詹姆斯！親愛的，到地窖去替我倒點白蘭地[2]來。你讓我不大舒服！」

他就去了，她拿出三根羽毛並說：「憑著我真愛心口上的三根羽毛，願詹姆斯沒辦法倒好白蘭地，只能往自己喉嚨裡倒。」

狀況正是如此。不管怎麼努力，詹姆斯都沒辦法把白蘭地倒進杯子。才往杯子裡灑了幾滴，酒液就會順著他的手流下，落在地板上。就這樣持續下去，直到他疲憊不堪，覺得自己也需要來一點。喝了一點之後，他又開始倒酒，但是狀況並未改善。於是他又喝一些，然後再接再厲要倒酒給女孩，最後整個人喝得醉醺醺。主人下樓到地窖裡，原來會有白蘭地的味道，原因就在這裡！

男僕詹姆斯為人誠實坦率，於是跟男主人坦白說，他是要為替身體不適的洗衣女僕倒點白蘭地，但手抖得好厲害，怎樣都倒不成，老是灑在地上，而酒味聞久了，人也跟

2 白蘭地具有藥效。

著醉了。

「最好有這個可能。」主人說，狠狠揍了詹姆斯一頓。

然後主人去找女主人——他妻子，然後說：「把妳那個洗衣女僕趕走吧。我的手下都像著了魔似的，全把存款領了出去，好像要娶親成家似的，可是都沒離開。我想那個姑娘就是這一切的源頭。」

但他妻子無法接受錯在洗衣女僕身上；她是大宅裡最優秀的僕人，其他人全部加起來都抵不過她一個。認為錯的是丈夫的手下。於是兩人為了這件事爭吵不休，但最後主人退讓了。後來一切歸於平靜，因為女主人要女孩別跟其他人打交道。而那幾個男人沒人願意說出事發經過，就怕招其他僕人嘲笑。

於是就這樣下去，直到有一天主人要駕車出門，馬車夫在門口，男僕站在那裡撐開馬車的門，管家在階梯上做好準備，這時好巧不巧，那位活潑機靈的洗衣女僕捧著一大籃乾淨衣物路過庭院。看到她，男僕詹姆斯承受不住，哭了起來。

「她是個邪惡的姑娘，」他說，「拿走我所有的存款，還害我被痛打一頓。」

接著馬車夫大膽起來。「是嗎？」他說，「根本比不上她對我做的事。」他把濕衣物和他忙一整晚的事情全盤托出。站在階梯上的管家怒火中燒，差點氣到爆炸，最後把整晚砰砰撞不停的窗板事件說了出來。

「其中一個窗板，」他說，「還打中了我的鼻子。」

聽了這句話，三個男人都靜下來，然後說好等主人出來，就要將來龍去脈都告訴主人，要主人解雇那個女孩。洗衣女僕的耳朵很靈，停住腳步，躲到門後偷聽。當她聽到這件事，知道自己得想辦法加以遏阻。於是拿出三根羽毛並說：

「憑著我真愛心口上的三根羽毛，願這幾個男人爭相比較誰吃最多苦頭，最後會鬧到進池子泡水。」

話才說完，三個男人便起了口角，爭論誰吃了最多苦頭。詹姆斯打了矮胖的管家，讓他黑了眼圈。胖胖的管家撲向詹姆斯，狠狠揍了對方幾拳。馬車夫連忙從駕駛艙走出來，痛打他們兩人。洗衣女僕在旁邊呵呵笑。

主人走了出來，但他們沒人聽得進去，每個人都想其他人聽自己的，又打又推，頻頻出拳，最後將對方推進池塘裡，好好泡了一頓水。

主人問女孩這是怎麼回事，她說：

「因為我不想嫁給他們，他們都編了不利於我的故事，有一個說他的故事最棒，另一個人爭說他的故事才最棒。對於哪個故事最可能讓我惹上麻煩，他們吵個不休。可是他們最後得到懲罰了，所以沒必要再多做什麼。」

於是主人去找他妻子並說：「妳說得沒錯。妳那個洗衣女僕是個很有智慧的姑娘。」管家、馬車夫和詹姆斯只能一臉尷尬，噤聲不語。洗衣女僕繼續克盡職守，不再有任何干擾。

七年又一天結束了，這天駕著精緻的鍍金馬車來到大門前的，正是她的鳥丈夫，他已經恢復俊美青年的模樣。他恢復洗衣女僕的妻子名份，準備帶她離開，主人和女主人很替她的好運開心，下令其他僕人在階梯上列隊為她祝福。她路過管家的時候，往他手裡塞了裝有七十鎊的袋子，用甜美的聲音說：「用來補償你關窗板的辛勞。」她路過馬車夫的時候，將裝了四十鎊的袋子放到他手裡並說：「這是為了獎勵你幫忙收衣物。」可是她路過男僕身邊時，給了他一個裝了一百鎊的袋子，笑著說：「這是為了答謝你一直沒倒來給我的白蘭地！」

然後她坐著馬車和俊美的丈夫一起離開，從此過著幸福快樂的生活。

∽ **豆知識**

這個故事開場與希臘神話的《邱比特與賽姬》（*Cupid and Psyche*）一致，其餘則出自東方傳說故事。而《萊特的貞潔妻子》（*The Wrights Chaste Wife*）是同主題的英國寓言詩。

在印度版本中，故事中想娶女主人公的都是國王派來的使者，好來測試這位傳聞中貞潔的妻子。在凱爾特神話《鳥類戰爭》的某些版本中，也出現過同樣的情節。

懶傑克

從前從前，有個名叫傑克的男孩，他跟母親住在公有地上。他們一窮二白，老母親靠著紡紗謀生，但傑克懶惰極了，什麼都不做，熱天的時候做日光浴，冬天則坐在火爐角落取暖。大家都叫他懶傑克。母親沒辦法叫他做任何事情，某個星期一忍無可忍告訴他，如果他不開始工作好填飽自己肚皮，就要趕他出去自力更生。

傑克一聽，振作起來，隔日就到鄰家農人那裡打工，工錢是一便士。他以前從沒碰過錢，回家的路上，跨過一條小溪時，不小心弄掉了。

「你這傻小子，」母親說，「應該放口袋裡的。」

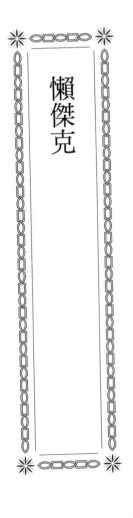

「下次我就這樣做。」傑克回答。

隔天，傑克再次出門，到牧牛人那裡兼差，對方給了他一罐鮮奶作為這天的酬勞。傑克接過罐子之後，塞進外套的大口袋，結果還沒回到家，鮮奶就全都灑光了。

「我的天！」老婦人說，「你應該頂在頭上的。」

「下次我就這樣做。」傑克說。

於是隔天，傑克又到一個農人那裡打雜，對方同意拿奶油乳酪作為工資。到了傍晚，傑克拿了乳酪，頂在頭上帶回家。他回到家的時候，乳酪全都毀了，部分崩掉不見，部分凝結在他頭髮上。

「你這個蠢蛋，」他母親說，「你應該用雙手小心捧著。」

「下次我就這樣做。」傑克回答。

隔天，懶傑克又出門去，在麵包師傅那裡找了份臨時工，對方拿一隻大公貓作為酬勞。傑克接過貓咪，小心翼翼用手捧住，可是才沒過多久，貓狠狠抓了他幾道，他只好鬆手放牠走。

回到家的時候，母親對他說：「你這個呆瓜，你應該用繩子綁住，拖在後面走回家。」

「下次我就這樣做。」傑克說。

隔天，傑克到屠夫那裡打工，屠夫用相當不錯的羊肩作為回饋。傑克接過羊肉，用繩子綁住，一路拖著走回家。等他回到家，整塊肉都壞了。母親這次對他徹底失去耐性，隔天是週日，她不得不拿包心菜當晚餐。

「你這笨蛋，」她對兒子說，「你應該用肩膀扛著的。」

「下次我就這樣做。」傑克回答。

到了星期一，懶傑克再次到畜牧業者那裡打工，對方給了他一頭驢子當作酬勞。雖然傑克長得很壯，但要把驢子抬上肩膀實在吃力，但他終於辦到了，帶著獎賞慢慢走回家。

途中，湊巧路過一棟房子，裡頭住了個有錢人和他的獨生女——一個又聾又啞的美麗女孩。她這輩子從沒笑過，醫生說，等到有人逗她哈哈笑，她才可能會說話。於是這位父親對外宣布說，只要能逗她笑出來就能娶她為妻。傑克扛著驢子路過時，這個年輕女子湊巧望出窗外。可憐的野獸四腳朝天，猛力踢著，全力咿唷大叫。這個景象如此滑

稽，她笑得難以自己，立刻恢復了聽和說的能力。她父親喜出望外，實現承諾，將她嫁給懶傑克，傑克搖身成了有錢的紳士。他們住在大房子裡，傑克的母親跟他們同住，過得無比幸福，直到離開人世為止。

豆知識

同樣的故事在蘇格蘭低地，叫做《喬克與他的母親》（*Jock and his Mother*），在愛爾蘭則是《下次我會更靈光》（*I' ll be Wiser Next Time*）。

在格林童話中則與《幸運的漢斯》類似。

這種「笑到病除」的橋段在民間故事種也相當常見。

巨人殺手傑克

I

好國王亞瑟和王后關妮薇統治的時代，康瓦爾的土地盡頭附近住了個農夫，農夫有個獨子叫傑克。傑克敏捷靈活，足智多謀，沒有任何人或任何東西能夠擊倒他。

在那個時代，康瓦爾的聖麥可山是巨人科模朗的堡壘。

巨人的身高足足有十八英尺長，身寬約有三碼，相貌兇狠猙獰，全國上下聞之色變。

他住在陡峭山脈的洞穴中，想填飽肚子的時候，就會跨過潮浪到大陸去，不管碰到什麼都拿來吃。只要聽到他的大腳踩得水嘩啦啦響，人人就趕緊衝出房子躲起來，不管窮苦或富有。只要看到他們，巨人就會把半打左右的人烤來當早餐。他一次會抓走好多牲畜，像幾捆蠟燭那樣，一次將半打肥牛扛在背上，將羊和豬掛在腰帶上。這種情況已經持續多年，康瓦爾的可憐人民萬念俱灰，因為無人殲滅得了巨人科模朗。

某個市集日，傑克那時還是個年輕小伙子，他發現整個城鎮因為巨人最近一次的掠奪而天翻地覆。女人哭泣，男人咒罵，地方

官員開會商討如何是好。但沒人提得出計畫。傑克當時還是個歡樂的小伙子，走到地方官員面前，先行了個禮——因為他向來很有禮貌——問他們殺了科模朗可以換得什麼獎賞。

「巨人洞穴裡的寶藏。」他們說。

「全部嗎？」傑克說，他不輕易上當。

「小到四分之一便士都是。」他們說。

「那我就接下這份任務。」傑克說完就此出發。

時值冬日，他找了把號角、一根鶴嘴鋤、一把鏟子，然後在幽暗的傍晚到那座山去，開始動工。黎明以前，他已經挖出一個坑洞，深度和寬度不少於二十二英尺。接著拿細枝和乾草蓋在上頭，灑了點鬆土，偽裝成紮實的地面。破曉時分，他穩穩站在坑洞的另一邊，也是距離巨人洞穴最遠的地方，將號角舉到唇邊，然後使勁吹響：

「追追追！追追追！追追追！」

就像獵捕狐狸時會做的那樣。

這樣當然吵醒了巨人，巨人怒不可遏衝出洞穴，看到小傑克穩穩吹著號角，鎮定自若的樣子，更加生氣，準備好好修理打攪他休息的人，大吼著說：「你這個小兔崽子，竟敢吵醒巨人，我要給你一個教訓。你會為自己的號角聲付出慘痛代價，我要逮住你，把你烤來當早——」

巨人才講到這裡，就傳來砰轟的聲響——他掉進了坑裡！這一摔，撼動了這座山的基底。

傑克笑得全身發抖。「呴，呴！」他嚷嚷，「巨人先生，早餐怎樣啊？你要把我烤來吃，還是烘來吃啊？除了可憐的小傑克，你吃別的不行嗎？哎！我現在可把你困住了！你幹盡壞事，活該被逮。我想怎麼折磨你，都隨我高興。要是手邊有臭雞蛋就好了，不過這樣也行。」語畢，傑克舉起鶴嘴鋤，往巨人科模朗的腦門狠狠一劈，讓他當場斃命。

傑克平靜自若，又用泥土填滿坑洞，然後到巨人洞穴裡搜索一番，找到了不少寶藏。

地方官員聽到傑克的偉大功績，宣布說，從今以後應該稱他為——

巨人殺手傑克

他們送他一把長劍和腰帶，上頭以金線繡了這些字：

這是個英勇的康瓦爾人

他殺了巨人科模朗

II

傑克戰勝巨人的消息很快傳遍整個英格蘭，另一個住在北方，名叫布蘭德波的巨人聽到這件事，發誓要是碰上傑克必定雪恥復仇。布蘭德波這個巨人是一座魔咒城堡的領主，城堡矗立於寂寥的森林中央。

傑克除掉科模朗大約四個月後，湊巧要前往威爾斯，途中穿過這座森林。他走得疲憊不堪，在路邊找到一處宜人的噴泉，躺下來休息，不久便陷入沉睡。

巨人布蘭德波來井邊取水，發現睡著的傑克，從繡在他腰帶上的幾行字得知，眼前就是那位遠近馳名的巨人殺手。巨人為自己的運氣欣喜不已，刻不容緩，扛起傑克穿過林子，回魔咒城堡去。

但是擾動樹枝的沙沙聲吵醒了傑克，他發現自己落入了巨人的魔掌，嚇得魂飛魄散；看到城堡庭院裡散了一地的人骨，更是驚慌失措。

「再不久，你就會加入他們的行列。」布蘭德波說著便將可憐的傑克鎖進城堡入口上方的大房間。房裡有個梁木交錯的高聳屋頂，以及一扇可以俯瞰馬路的窗戶。可憐的傑克要在這裡待著，直到布蘭德波去把住同一座森林的巨人兄弟帶來，好跟他同享這場人肉盛宴。

一段時間之後，傑克望向窗外，看到兩個巨人匆匆忙忙踩著重步穿過馬路，急著要吃晚餐。

「好了，」傑克自言自語，「是死是活，很快就會揭曉。」他想出了一個計畫。他在房間角落裡看到兩條堅韌的繩索。拿起來，在每條繩索末端打了個巧妙的絞索，然後掛在窗戶外頭。巨人們打開鐵門的鎖時，傑克趁他們沒留神，將絞索套上他們的腦袋。接著，以迅如思考的速度，將繩索的另一端綁在橫梁上。巨人往前走的時候，絞索扯緊，勒住他們，直到臉色發黑。傑克見狀，沿著繩子滑下去，抽出長劍，殺了他們兩個。

他拿了城堡的鑰匙，打開所有的門鎖，放三位美麗的女士自由，他發現她們三人被人用頭髮被綁住，幾乎快要餓死。

「甜美的女士們，」傑克說，單膝跪地——因為他一向很有禮貌——「這座魔咒城堡的鑰匙在這裡。我已經除掉巨人布蘭德波和他粗野的兄弟，讓妳們重獲自由。這些鑰匙應該可以讓妳們拿到自己需要的一切。」

說完他便繼續上路，前往威爾斯。

III

他以最快的速度前進，也許有點太快，他迷了路，發現暮色籠罩天際，放眼杳無人煙。他一直抱著希望往前遊蕩，最後進入一處狹窄的河谷，看到一棟獨自矗立、模樣可怕的大房子。他急著找個遮風避雨的地方，於是走到門前敲了敲。你可以想像，一看到應門的是雙頭巨人，傑克有多麼詫異和驚慌。雖然這個怪物的模樣兇狠至極，舉止卻彬彬有禮。事實上他是個威爾斯巨人，是個雙面人，個性圓滑，為了達成惡毒的目的而佯裝友善。

巨人以濃濃的威爾斯腔，熱烈歡迎傑克，為他準備臥房，殷勤地祝福他好好休息。不過，傑克累到無法安眠，清醒地躺著，無意間聽到主人正在隔壁房間喃喃自語。傑克耳朵很靈，可以聽到他說的話，內容差不多是這樣：

「雖然你今晚借住我家，

你卻見不到明天的曙光，

我的棍棒會敲爛你的腦袋瓜。」

「竟然！」傑克自言自語，立刻嚇得坐起身，「這就是你威爾斯式的詭計，是吧？看我怎麼以牙還牙。」接著，傑克離開床鋪，在毯子間塞了根大木條，抽走一條毛毯裹在身上保暖，舒舒服服窩在房間一隅，假裝鼾聲連連，讓巨人先生誤以為他已經入睡。

不久之後，那個妖怪像是踩在雞蛋上似的，躡手躡腳走進來，握著一根大棍棒，然後——

砰！砰！砰！

傑克可以聽到床鋪遭到一陣痛擊，最後巨人以為客人皮下的每根骨頭肯定都斷了，再次悄悄走出房間。傑克平心靜氣再次躺上床，熟睡了一整晚！隔天早上，巨人看到傑克神清氣爽、精力充沛下樓來時，簡直不敢相信自己的眼睛。

「天啊！」巨人驚愕地嚷嚷，「昨晚睡得很好嗎？晚上都沒什麼感覺嗎？」

「噢，」傑克回答，心裡竊笑，「我想，可能有隻老鼠跑過來，用尾巴甩了我兩三下。」

聞此，巨人詫異得說不出話，領著傑克來吃早餐。既然傑克這麼剛強，巨人拿了個少說裝有四加侖麥粉泥的碗，命令傑克全部吃完。傑克在路上奔波的時候，總會在斗篷底下掛一只皮囊，用來攜帶東西。他反應很快，將皮囊開口拉到前側，就在下巴底下，這麼一來，他進食的時候，就可以在巨人不知情的狀況下，將大部分的麥粉泥都灌進皮囊裡。他們坐下來吃早餐，巨人狼吞虎嚥吃下自己那份麥粉泥，傑克則忙著把自己那份偷渡到皮囊裡。

「欸，」狡猾的傑克清空自己的碗之後說，「我變個神奇的戲法給你瞧瞧。」說完，便用餐刀割破那只皮囊，所有的麥粉泥全都灑到地板上！

「老天！」巨人不服輸地嚷嚷，「我也辦得到！」話音方落，他便抓起餐刀，切開自己的肚皮，然後倒地死去。傑克就這樣解決了威爾斯巨人。

IV

在那個年代，英勇的騎士總是在尋找歷險的機會，亞瑟王的獨生子——一位英勇非凡的王子，懇求父親給他一大筆錢，讓他前往威爾斯，釋放一位被七位惡靈附身的美麗女子。國王拒絕他未果，最後只好讓步。王子帶著兩匹馬出發，一匹當成坐騎，另一匹扛著重重的金幣。行旅幾天之後，王子來到威爾斯的一座市集小鎮，正逢一場大騷動。一問原因才得知，有個生性慷慨的男人，生前欠了好幾筆大額的借款，屍體在下葬的路上依法遭到逮捕。

「這條法律真殘酷，」年輕王子說，「去吧，埋葬死者，讓他安息，讓債主來我借宿的地方，我會替死者清償債務。」

於是債主紛紛上門，但數量如此之多，到了傍晚，王子身上只剩下兩便士，沒辦法再繼續旅行。

巨人殺手傑克正要前往威爾斯，恰好路過這座城鎮，聽聞王子的困境，為了他的仁慈和慷慨而感動，決心成為王子的僕人。約定好之後，隔天早上，傑克用他身上最後一點錢結清帳款，主僕兩人出發上路。即將離開鎮上之際，有位老婦在王子後頭追趕，一面呼喚：「正義！正義！那個死人過去七年欠我兩便士沒還。把錢還我，就跟其他人一樣。」

王子為人善良慷慨，把手伸進口袋，將剩下的兩便士給了老婦。現在，主僕兩人身無分文，夕陽西下時，王子說：

「傑克！既然我們一文不剩，要怎麼找地方住呢？」

傑克回答：「不會有問題的，主人。距離這裡兩三英里的地方，住著一個龐大醜惡的三頭巨人，他可以跟五百個全副武裝的男人對戰，讓他們像被風吹散的糠皮那樣從身邊飛開。」

「那對我們有什麼好處？」王子說，「他肯定一口就把我們咬碎。」

「不會的，」傑克笑著說，「我先去替你鋪路。根據傳聞，這巨人是個蠢蛋。也許我可以做到的還不只這樣。」

所以王子留在原地，傑克全速策馬衝刺，最後來到巨人的城堡。他使勁敲門，聲音大到在附近的山丘間迴盪。

聞此，巨人從城堡裡怒吼，響如雷鳴：

「誰啊？」

傑克膽大包天，說：「是你的可憐表親——傑克。」

「傑克！」巨人驚愕地說，「我的可憐表親傑克有什麼消息？」巨人頗受驚嚇，傑克趕緊安撫他。

「親愛的表親，很沉重的消息，真的！」

「沉重的消息，」巨人覆述，微感害怕，「說真的，對我來說哪有什麼沉重的消息？我不是有三個腦袋嗎？我不是可以跟五百個全副武裝的男人對戰嗎？我不是可以掃飛他們，就像風吹散糠皮一樣嗎？」

「確實，」狡猾的傑克回答，「可是我是來警告你，因為偉大亞瑟王的兒子正領著一千名全副武裝的男人，要過來殺掉你。」

聞此，巨人開始又抖又顫。「啊，表親傑克！好心的表親傑克！這果真是沉重的消息，」他說，「告訴我，我該怎麼辦？」

「你去躲在地窖裡，」狡猾的傑克說，「我會把你的門鎖起來，拴起來，再用鐵條擋住，鑰匙放我身上，直到王子離開。這樣你就安全了。」

於是巨人匆匆忙忙跑進地窖，傑克鎖上門，拴起來，再用鐵條把他擋在裡面。等到一切穩當之後，傑克去接主人過來，兩人暢快享受巨人原本要當作晚餐的菜餚，可憐的妖怪打著哆嗦，在地窖裡害怕得直發抖。

好好休息一晚之後，傑克在凌晨喚醒主人，從巨人的寶庫裡拿了不少黃金和白銀給主人，要主人先往前騎三英里。當傑克判斷王子已經走得夠遠，巨人聞不到氣味之後，便拿起鑰匙開鎖，放囚犯出來。巨人因為寒冷潮濕去了半條命，但對傑克萬分感激。有傑克出手相救，讓他的性命和城堡免於毀滅。不管傑克想要什麼作為回報，他都會答應。

「別客氣，」傑克說，他向來擅於觀察，「我只想要那件舊外套和扁帽，還有你放在床頭的那把生鏽老劍和那雙便鞋。」

巨人聽到這番話，嘆口氣，搖搖頭。「你不知道你要的是什麼，」他說，「它們可是我手上最寶貴的東西，可是我既然承諾過，就得給你。那件外套可以讓你隱形。你想知道的所有事情，那頂扁帽都會告訴你。只要用那把劍劈砍的東西，都會裂成兩半。不管你想去哪裡，那雙便鞋轉眼就會帶你過去！」

傑克樂不可支，帶著外套、扁帽、長劍、便鞋，策馬離去，不久便追上他主人。主僕往前騎行，最後抵達那座王子尋覓的仕女所住的城堡。

她美若天仙，儘管有七個惡魔附身。當她聽到王子要追求她，她漾起了笑容，下令準備一場華麗的盛宴接待他。她坐在他的右側，不斷奉上美食佳釀。

宴席結束的時候，她拿出自己的手帕，溫柔地抹抹他的嘴唇，面帶笑容說：

「我有份任務要給你，閣下！你明天早上一定要把這條手帕拿給我，要不然你的腦袋就不保。」

說完便將手帕塞進自己胸口，然後說：「晚安！」

王子垂頭喪氣，但傑克什麼都沒說，直到主人上床就寢。接著他戴上巨人給的舊扁帽，哎呀！眨眼間就知道所有想知道的事。夜半三更，那位美麗女士召喚她的寵靈，載她去找路西法。傑克披上黑暗外套、套上快速便鞋，搶在她前頭出發，最後跟她同一時間抵達。她將手帕交給惡魔，要他好好守住。惡魔將手帕收在高高的架子上，傑克轉眼就將手帕抽走！

隔天早上，被施了咒的美麗女士準備看到一臉消沉的王子，但他只是好好鞠了躬，向她奉上手帕。

起初她失望透頂，但隨著時間過去，她下令籌備一場更加輝煌的盛宴。這次，餐宴結束的時候，她吻了王子的唇並說：

「我有個任務要給你，我的愛。明天早上把我今晚最後親吻的嘴唇拿給我看，要不然你的腦袋就不保。」

王子到了這時已經愛得無可自拔，柔聲說：「如果妳除了我，不親別人，我就辦得到。」

美麗女士縱使被七個惡魔附身，依然可以看出王子是個非常俊美的青年，臉稍微泛起紅暈，並說：

「那不重要：你一定要拿給我看，否則只有死路一條。」

王子上床就寢，跟之前一樣滿懷憂愁。但傑克戴上無所不知帽，立刻明白自己需要知道的所有事情。

就在三更半夜，美麗女士召喚寵靈，帶她去找路西法。傑克披上黑暗外套、穿上飛速鞋，趕在她之前抵達。

「你背叛過我一回，」美麗的女士皺著眉對路西法說，「沒守住我的手帕。現在我要給你沒人偷得走的東西，以便打敗王子，即使他貴為國王的兒子也拿我沒辦法。」

語畢，她吻上可憎惡魔的嘴唇，然後離他而去。傑克用那把生鏽的力量之劍一劈，砍下了路西法的腦袋，藏在黑暗外套底下，帶回主人身邊。

翌日早晨，美麗女士眼中帶著惡意，要王子拿她最後吻上的嘴唇給她看。王子抓著頭角，將惡魔的腦袋拉出來。見此，那七個附身在女士身上的七個惡魔，發出七聲駭人的尖叫，然後離開了她。這一來魔咒便打破了，她以無懈可擊的美貌和良善現身。

隔天早晨，她便和王子結為連理。兩人回到了亞瑟王的宮殿，巨人殺手傑克因為功績彪炳，受封為圓桌武士。

V

不過，我們的英雄並未因此而滿足，不久便再次上路尋找巨人。他沒走多遠就碰上了一個，在陰暗洞穴的入口附近，坐在一大塊木頭上。這個巨人很嚇人，又圓又大的眼睛猶如炭火，面容陰森可怕，臉頰好似大塊醃肉，上面蓋滿鬍渣，那些短短硬硬的毛有如一根根鐵絲，頭髮落在結實的肩膀上，像是蜷起的蛇或嘶嘶叫的毒蛇。他握著帶刺鐵棍，呼吸聲沉重得一英里之外都聽得見。面對這番駭人的景象，傑克毫不退卻。他下馬來，披上黑暗外套，走到巨人身邊輕聲說：「哈囉！是你嗎？再不久我就會揪住你的鬍子，牢牢制住你。」

說完便要用力量之劍在巨人腦袋上劃上一道，但不知怎地沒對準，結果砍掉了巨人的鼻子，削得一乾二淨！我的天！巨人放聲吼叫！大如雷鳴，彷彿著了魔，開始用帶刺鐵棍狂亂揮舞。但傑克披著黑暗外套，輕鬆就能躲開攻擊。他跑到巨人後面，將長劍深深插進巨人的背，只剩劍柄露在外頭。巨人轟然倒地死去。

接著傑克砍下他的腦袋，僱請一位貨運馬車夫送去給亞瑟王。之後他為了尋找巨人的寶物，開始搜索巨人的洞穴。他穿過許多彎道，最後來到一個大廳，地面和屋頂都鋪著軟砂石。大廳遠端有個巨型火爐，上頭掛著一只鐵鍋，這種大小是傑克從未見過的。鍋子正咕嚕滾沸著，冒著美味可口的蒸氣；旁邊右側有張巨大的桌子，上面擺滿巨型托盤和馬克杯。這裡就是巨人以前用餐的地方。再往前走一些路，便來到一扇鐵桿封住的窗戶，往裡頭一看，便見到大批可憐的俘虜。

「哎！哎呀！」他們見到傑克便大聲嚷嚷，「年輕人，你要跟我們一起留在這座可怕的監牢嗎？」

「要看情況，」傑克說，「先告訴我，你們為什麼會被囚禁在這裡？」

「我們沒犯任何錯，」他們立刻喊道，「我們是殘忍巨人們的俘虜，被關在這裡，吃飽喝足。那些妖怪想來頓大餐的時候，就會選出最胖的那幾個吃下肚。」

聞此，傑克立刻打開牢籠的門鎖，放那些可憐傢伙自由。他在巨人們的金庫裡搜索，將黃金白銀平均分配給那些俘虜，補償他們受到的苦難，然後帶著他們到隔鄰的城堡，用一場盛宴款待他們。

VI

大家為了慶祝獲救，跳舞飲酒作樂，盛讚傑克的英勇。這時有個信使匆匆過來通風報信，說雙頭巨人桑德戴聽聞他的親族死訊，正要從北方山谷前來報仇，距離城堡只剩一兩英里的路程。民眾帶著家禽牲畜，像風吹散的糠皮似的，趕在前頭奔逃。

這座設有花園的城堡矗立在小島上，四周有二十英尺寬、三十英尺深的護城河，側面非常陡峭。護城河上有個吊橋。事不宜遲，傑克立刻下令要人削掉吊橋中段的兩側，只留下一塊板子別碰，他穿著隱形的黑暗外套迅速穿過，迎向敵人，舉著那把神奇的力量之劍。

雖然巨人現在看不到傑克，但聞得到他的氣味，因為巨人嗅覺很靈敏。因此，桑德戴用巨人專有的聲音喊道：

「咿，吼，唷，喂！[3]

3 原文為 fee fi fo fum，這幾個音節沒有意義，是童話中巨人的發語詞。

我聞到了英國人的氣味。
不管他是活還是死，
我要拿他骨頭碾成粉做麵包！」

「這樣嗎？」傑克說，依然一派快活，「那你肯定是個恐怖磨坊主！」

聞此，巨人東張西望想找他的敵手，大聲吶喊：

「你就是那個殺了我多位親族的惡棍？那麼我就要用牙齒將你碎屍萬段，吸乾你的血，將你的骨頭碾成粉。」

「那你得先逮到我啊，」傑克笑著說，拋下黑暗外套，套上迅捷便鞋，開始身姿靈巧地引領巨人進入陷阱。他輕得跟羽毛似地一躍，轉身折返。巨人則像個會走路的高塔一樣，笨重地跟在後頭，隨著每一步，大地的根基似乎跟著動搖。看到這場競賽，旁觀的人差點笑破肚皮，最後傑克判斷已經足夠，便衝向吊橋，靈巧奔越那塊單一木板，抵達了另一側，以嘲弄的姿態等待他的敵手。

巨人全速衝刺，氣得嘴角冒泡，一面揮舞著棍棒。但是當他來到橋中央，重量當然壓斷了那塊木板，頭上腳下摔進了護城河，像條鯨魚一樣翻騰滾動，摔來跌去，怎麼都無法脫身報仇。

圍觀的人看到巨人這樣拚命，以陣陣狂笑回應。傑克起初樂不可支，只顧著嘲弄巨人。不過，最後還是拿了條繩索，套在巨人的雙頭上，靠著一群馬的幫忙，將兩顆腦袋朝岸上拖，最後揮了兩下力量之劍，解決了這件事情。

VII

在歡笑和娛樂中度過一段時間之後，傑克再次焦躁不安，離開同伴去追求新的歷險。他走得又遠又快，穿過樹林、谷地和山丘，最後在深夜來到孤立於高山山腳的一幢房子。

他敲響了門，一個頭白如雪的老人打開了門。

「老先生，」傑克說，照常彬彬有禮，「入夜了，方便收容旅客一晚嗎？」

「欸，可以，歡迎來到寒舍。」老人回答。

聞此，傑克走進了屋裡。晚飯過後，兩人坐下來閒聊，和樂融融。老人看到傑克的腰帶，得知他是知名的巨人殺手，於是這麼說：

「小子啊！原來你是邪惡妖怪的偉大征服者。附近就住了一個妖怪，值得你發揮高超本領除害。那邊高高山丘頂上有一座魔咒城堡，坐鎮的是個叫葛里干楚的巨人。他在邪惡老巫師的幫忙之下，將許多美麗的女士和英勇的騎士引誘到城堡裡，他們在那裡被變成各種鳥類和野獸，是的，甚至化作了魚和昆蟲。天可憐見，他們被囚禁在那裡，但最讓我悲痛的是公爵女兒，他們在她父親的花園裡綁架了她，駕著噴火龍拉的火焰戰車，將她帶到那裡。她被變成了一頭白母鹿，雖然有不少英勇騎士卯足全力破除魔咒，但是城堡入口有兩頭可怕的獅身鷹首獸看守，凡是想闖關的人都會被殲滅。」

傑克想到之前對他有不少貢獻的黑暗外套，於是戴上無所不知帽，轉眼間，就明白自己該做什麼。翌日，天才破曉，傑克便起身披上隱形外套和迅捷便鞋。眨眼間，來到了山頂！有兩頭獅鷲獸守著城堡大門——這些駭人的生物有分岔的尾巴和舌頭。但是因為有黑暗外套，牠們看不到他的蹤影，於是他毫髮無傷，闖過了這個關卡。

他找到一把以銀鍊子掛在通道那裡的黃金喇叭，下頭以紅字刻著：

凡是吹響這喇叭者
定會推翻這巨人。
他會打破暗黑魔咒。
轉悲傷為欣喜。

傑克才讀完這些字眼，便將喇叭湊到嘴邊，大聲吹出：

「追追追！追追追！追追追！」

才吹出頭一個音，城堡便整個顫動起來，下至廣闊的地基。還沒完全吹完，巨人和巫師就啃咬自己的拇指，撕扯頭髮，知道肆意作惡的日子已經走到盡頭。但巨人燃起鬥志，掄起棍棒要自衛。傑克用力量之劍俐落一劈，巨人身首異處。傑克原本也要這樣對付巫師，但巫師是個懦夫，召喚了一道旋風過來，將自己掃入空中，從此沒人再看過他或聽過他的消息。魔咒就這麼打破了，變成小鳥、野獸、魚兒、爬蟲、昆蟲的英勇騎士和美麗女士，恢復了原本的樣貌，包括公爵女兒，她從一頭白鹿變回了太陽照過最美的女子。大家才恢復原形，城堡就在一團煙霧中消隱不見，從那時起，巨人也從這片土地上消失了。傑克將葛里干楚的腦袋以及他從魔咒解救出來的王宮貴族帶到亞瑟王那裡之後，發現自己再也無事可做。不過，為了獎賞率直的巨人殺手傑克一路以來的貢獻，亞瑟王將公爵女兒許配給他。兩人結為連理，他們舉行婚禮時舉國歡騰。國王另外賜予傑克一座宏偉的城堡，附帶一片廣大的地產，他、夫人和孩子過著幸福愜意的生活，直到人生終點。

§ 豆知識

第一個出場的故事情節結合了喜劇和嚴肅主題，令人想到格林童話中的《勇敢的小裁縫》（*The Brave Little Tailor*）。這個故事的部分也與凱爾特故事中的《主人傑克與僕人捷克》（*Jack the Master and Jack the Servant*）相同，甚至在某些版本中，僕人傑克是主角在路途中好心埋葬的無名氏的靈魂。

傑克的隱形斗篷令人想到希臘神話中柏修斯靠著隱形帽才能屢屢完成任務。這些裝備並不是原創，最早至少可以追溯到新石器時代後。

「咿，吼，唷，喂！」是英國巨人故事中共通的發語詞，在莎士比亞的《李爾王》中也出現過。

三個傻子

從前從前，有個農人和他太太養了個女兒，那時的人沒有現在這樣聰明。她是個漂亮的姑娘，有個年輕鄉紳遠行回鄉之後，開始追求她。

每晚，這位鄉紳都會從自家宅邸散步到農舍來吃晚餐。每天晚上，那個女兒都會到地窖去盛蘋果酒配晚餐。

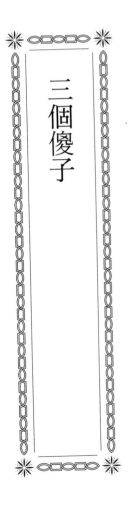

於是有天晚上，她到地下室取蘋果酒，像平日那樣轉動龍頭，湊巧仰頭看到天花板上一把大木槌卡在梁柱上。

那把木槌一定在那裡很多年了，因為上頭蓋滿了蜘蛛網，但不知怎的她從未注意過。她開始想到那把木槌在那裡有多危險。

「要是，」她想，「要是他和我結了婚，要是我們生了個兒子，要是他長大成人，要是他跟我一樣，下樓來取蘋果酒，要是木槌掉在他腦袋上害死他，該有多可怕啊！」

語畢，她放下手中的蠟燭，坐在酒桶上哭了出來。她哭了又哭，哭個不停。

在樓上的那些人開始納悶，她拿個蘋果酒怎麼要這麼久。一陣子以後，她母親下樓到地窖來看看她怎麼了，發現她坐在酒桶上，痛哭流涕，蘋果酒流得滿地都是。

「我的老天！」她母親嚷嚷，「到底是怎麼回事？」

「噢，媽媽！」她邊啜泣邊說，「都是那把可怕的木槌啦。要是他跟我結了婚，要是我們生了個兒子，要是兒子長大成人，要是他跟我現在一樣下樓來盛蘋果酒，要是那把木槌掉在他的腦袋上害死他，那多可怕！」

「老天！」母親說，在女兒身邊坐下，哭了起來，「那多可怕啊！」

母女倆坐著哭了又哭。

一陣子之後，她們遲遲未歸，農人開始納悶出了什麼事，下樓到地窖去，發現母女並肩坐在酒桶上，哭得肝腸寸斷，蘋果酒流得滿地都是。

「哎呀！」他說，「到底是怎麼回事？」

「看看上頭那根可怕的木槌，老爹，」母親嗚咽著說，「要是我們女兒嫁給她心上人，要是他們生了個兒子，要是他長大成人，要是他像我們這樣，下樓來盛蘋果酒，要是那把木槌掉在他的腦袋上害死他，那多可怕啊！」

「真的好可怕！」父親說，在妻女身邊坐下，跟著失聲痛哭。

年輕鄉紳在樓上遲遲等不到晚餐，最後失去了耐性，下樓到地窖來，親自看看他們在忙什麼。他發現三人肩並肩坐在酒桶上哭泣，雙腳泡在蘋果酒裡，因為地板淹滿了酒。他的頭一個動作，就是跑過去將酒桶龍頭關起來，接著說：

「你們三個是怎麼回事啊？坐在那裡哭得跟嬰兒一樣，任由好蘋果酒流滿了地板。」

他們仨異口同聲說：「看看那把可怕的木槌！要是你和我／她結了婚，要是我們／你們生了個兒子，要是他長大成人，要是他下樓到這裡來，像我們這樣要盛酒，要是那把木槌掉在他腦袋上害死他，那有多可怕啊！」

接著年輕鄉紳爆笑出聲，笑到最後都累了。可是最後他朝木槌往上伸手，把它拉出

來，安安穩穩放在地板上。他搖搖頭並說：「我過去雲遊四方，從沒見過像你們三個這麼傻的傻瓜。我可沒辦法跟全世界最傻的其中一個傻瓜結婚。所以我要繼續上路，要是碰到比你們三個還傻的傻瓜，我就會回來成親——要不然就不必了。」

於是他向他們道別，再次踏上旅程，留他們三個人哭得撕心裂肺，這次是因為婚事告吹！

這個年輕人走得又遠又快，但從沒碰到更傻的傻瓜，直到有一天，他恰好經過一位老婦的木屋，茅草屋頂上長了些草。

老婦卯盡全力，用棍棒趕牛，逼牛爬上木梯到屋頂吃草。但這可憐的東西怕死了，根本不敢上去。接著老婦試著軟言相勸，但牛依然抵死不從。從來沒人看過這番景象！牛越來越慌亂、越來越固執，而老婦越來越火大。

最後，年輕鄉紳說：「妳自己爬上扶梯，割了草，把草丟下來給牛吃，這樣比較輕鬆吧。」

「最好是，」老婦說，「牛想吃草就自己割。那個蠢東西到上頭會很安全，我會用繩子繞住牠脖子，把繩子穿過煙囪，繩子的另一端繫在我的手腕上，這樣我洗衣服的時候，要是牛摔下屋頂，我就會知道。所以管好你自己的事就好，年輕人。」

過了一陣子，老婦靠著哄誘加打罵，終於將牛趕上了扶梯。牛到了屋頂之後，她在牛脖子上繞了條繩子，將繩子投下煙囪，將繩子另一端繫在自己的手腕上。接著她去洗衣服，年輕鄉紳繼續上路。

他沒走多遠，就聽到一陣可怕至極的喧囂。他策馬疾馳回去，發現那頭牛掉下了屋頂，被脖子上的繩索勒死，而牛的重量扯著老婦的手腕，將老婦拉上煙囪。結果她卡在煙囪一半的地方，被煙灰悶死了！

「那是一個更傻的傻子，」年輕鄉紳說，繼續上路，「所以現在還缺兩個！」但他遲遲沒找到。某天深夜，他抵達一間小小客棧。客棧住滿了人，他不得不跟另一個旅人共用房間。跟他同住的是個令人愉快的傢伙，兩人社交了一番，各自在床上睡得很安穩。

但是，到了隔天早上，他們更衣打扮時，那個陌生人卻小心翼翼將褲子掛在高腳櫃的圓形把手上！

「你在做什麼？」年輕鄉紳問。

「我在穿褲子。」陌生人說，語畢，就走到房間另一端，先助跑一下，然後試著跳進褲子裡。

可是他沒成功，於是重新助跑，再試一次，又試一次，再三嘗試，直到渾身熱得發燙，心亂如麻，就像老婦面對不肯上梯的牛一樣。於此同時，年輕鄉紳簡直快笑破肚皮，因為他這輩子從沒見過這麼滑稽的場面。

陌生人弄得滿頭大汗，先打住動作，用手帕抹抹臉。「儘管笑吧，」他說，「可是世上最不好穿的就是褲子了。我每天早上都要花快一個鐘頭，才能順利穿上。你都怎麼穿？」

年輕鄉紳笑到難以自已，但還是勉強示範穿褲子給對方看，陌生人無比感激，說他從沒想過可以這樣。

「所以那個，」年輕鄉紳自言自語，「是第二個更傻的傻瓜。」他走得又遠又快，卻一直沒找到第三個。在一個明亮的夜晚，月亮高掛頭頂，他來到一座村莊。村莊外頭有個池塘，一大群村民圍著池塘。有些拿著乾草叉，有些舉著掃把，全都忙得不可開交，大聲叫喊，對著池塘又耙又叉又掃。

「怎麼了？」年輕鄉紳跳下馬要幫忙，「有人掉進池塘了嗎？」

「欸！不是，但也夠嚴重的了，」他們說，「你難道看不出月亮掉進池塘了嗎？我們怎樣都撈不出來。」

說完又開始忙著又耙又叉又掃。年輕鄉紳噗哧大笑，說他們都是些傻子，根本白費功夫。然後要他們望望頭頂，圓圓的月亮高掛天際。但是他們堅決不肯，怎麼都不相信自己在水裡看到的只是倒影。當年輕鄉紳堅持自己的說詞，他們便開始狠狠辱罵他，威脅把他丟進池塘。於是他以最快的速度再次上馬，留下他們繼續耙叉掃。說不定，他們到現在還在那裡忙著呢！

可是年輕鄉紳自言自語。「世界上的傻子原來比我想的多。所以我要回去娶那個農人的女兒。她並不比其他人更傻。」

於是他們就結婚了。如果他們後來過得不幸福不快樂，那也跟三個傻子的故事無關。

§ 豆知識

這個故事的前半段和格林童話中耳熟能詳的《聰明的埃爾塞》（*Clever Elsie*）如出一轍。十九世紀英國民俗學家克勞斯頓（William Alexander Clouston）也在他的著作《傻子之書》的第七章中，討論到《三個傻子》。

金球

從前從前有兩個姑娘是姊妹，她們去完市集回家的路上，迎面看到一位英俊的年輕人站在一間房子門前。她們從未見過如此俊秀的青年。他的扁帽上有金子，手指上也有金子，脖子上也有，腰上也是！兩邊手裡各執一顆金球。他各分一顆給兩位姑娘，叫她們一定要守好；要是弄丟了，就等著被吊死。

妹妹弄丟了她的球。事情經過是這樣的：她在私人大庭園的籬笆旁邊拋著球，往上丟，往上丟，往上丟，最後球越過了籬笆。她爬進去找的時候，球滾過了綠地，直直衝向一棟房子的門，球跑進了那間房子，最後不知去向。

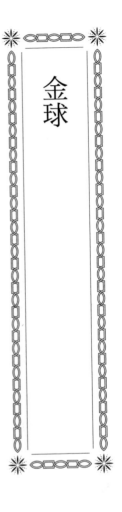

她因為弄丟球而被帶走，之後脖子會被吊起來，直到斷氣。

但這姑娘有個心上人，他說他會去找那顆球。於是他趕到大庭園的大門那裡，但門關著。於是他爬過柵欄，到了柵欄頂端，有個老女人從他眼前的溝渠裡升起，說如果他想拿到那顆球，得在屋子裡住三個晚上，於是他說他願意。

到了傍晚，他走進那棟房子，四下尋找那顆球，但怎麼都找不到，屋子裡也不見人影。入夜之後，他覺得自己聽到庭院裡有妖怪在活動。於是望出窗外，確實，院子裡滿滿是妖怪！

現在，他聽到上樓的腳步聲，於是躲到房門後面，靜得跟小老鼠似的。有個比這小伙子高大五倍的巨怪走進房裡，東張西望，但什麼也沒看到，接著走到窗前，彎身往外張望。巨怪靠著手肘，探出身子去看院子裡的妖怪時，小伙子走到他背後，舉劍一劈，將他砍成兩半。巨怪的上半身掉進院子裡，下半身依然站在窗前往外眺望。

那些妖怪看到巨怪的上半身滾落面前時，不禁放聲大叫，然後呼喚：「我們的半個主人來了，給我們另外一半。」

然後那個小伙子說：「你這雙腳沒什麼用處，獨自站在窗前，又沒眼睛可以看，去

跟你的兄弟會合吧。」他將巨怪的下半身也拋了出去，妖怪們得到了巨怪的全身，於是安靜下來。

隔天晚上，小伙子又到那棟房子過夜。這一次，第二個巨怪走到門前來，才踏進門口，小伙子便將他砍成兩半，但那雙腳繼續走到火爐那裡，直接爬上了煙囪。

「去，去追你的腿。」小伙子對那顆腦袋說，然後將巨怪的上半身拋向煙囪。

到了第三個晚上，風平浪靜，於是小伙子上床就寢，但他睡著之前，聽到妖怪們在床底下騷動著，他納悶他們在忙什麼。於是往下一窺，看到那顆球就在那裡，他們正在把玩，前前後後拋來拋去。

不久，其中一個妖怪將腿從床底下伸出來，小伙子旋即用劍一劈，砍了下來。另一個妖怪從床的另一側伸出手臂，眨眼間，小伙子也把它砍掉了。就這樣繼續下去，最後把他們全都成了殘廢。他們痛哭哀嚎著離開房間，完全忘了那顆球！接著小伙子下了床，找到那顆球，然後趕緊去找他的真愛。

那個姑娘被帶到約克接受吊刑。她被帶到絞刑架前，劊子手說：「好了，姑娘，妳的脖子會被吊起來，直到斷氣為止。」但她嚷嚷：「住手，住手，我看到我的母親走過來！噢母親，妳是不是要放我自由，帶了我的金球來？」母親回答，「我沒帶妳的金球來，也不是要放妳自由。不過我是來看妳吊在絞刑臺上的。」

接著劊子手說：「好了，姑娘，妳非死不可，快禱告吧。」但是她說：「住手，住手，我看到我的父親走過來！噢，父親，你是不是要放我自由，帶了我的金球來？」

父親回答，「我沒帶妳的金球來，也不是要放妳自由。不過我是來看妳吊在絞刑臺上的。」

接著劊子手說：「妳禱告完了吧？好了，姑娘，把腦袋伸進絞索裡。」但她回答，「住手，住手，我看到我兄弟走過來！」再次吟唱了她的短詩，兄弟給了她同樣的回應。後來也向姊姊、叔叔、嬸嬸、表親輪流問了相同的問題。但他們都回了同樣的話：「我沒帶妳的金球來，也不是要放妳自由。不過我是來看妳吊在絞刑臺上的。」

接著，劊子手說：「我不會再拖下去了，妳這樣分明是在捉弄我。妳一定要立刻接受絞刑。」但是，此刻她終於看到心上人穿過人群走過來，於是她對他呼喊：「住手，住手，我看到了我的心上人走過來！親愛的，你是不是要放我自由，帶了我的金球來？」

她的心上人舉起她的金球，高聲喊道：「是的，我帶了妳的金球來，要放妳自由；我不是來看妳吊在絞刑臺上的。」於是他當場帶她回家，兩人從此過著幸福快樂的生活。

§ 豆知識

這個故事的有趣之處在於帶進了遊戲感。

俘虜和監禁在兒童的遊戲中是很可怕的主題，比如「捉俘虜遊戲」（Prisoner's base），但用在這裡卻帶來了浪漫的效果。

兩姊妹

很久很久以前，有兩個姊妹模樣相似得有如豆莢裡的豆仁。但一個很和善，另一個脾氣暴躁。她們的父親失業了，於是女孩們開始思考要出門找份差事。

「我先出去試試，看能找到什麼，」妹妹爽朗地說，「如果我運氣不錯，姊姊，妳就可以照著我的路走。」

於是她將行李整理成包袱，說了再見，開始去找雇主。可是鎮上沒人想雇用女孩，於是她往郊外走得更遠。她沿途遇到一座爐灶，裡頭正烤著大量的麵包。她路過的時候，麵包異口同聲對她喊道：

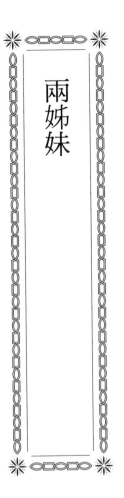

「小姑娘！小姑娘！請把我們拿出去！把我們拿出爐灶！我們已經在這裡烤了整整七年。沒人來把我們端出去。請把我們拿出去，不然我們很快就會烤焦！」

身為心地善良、樂於助人的小女孩，她停下腳步，放下包袱，拿出那些麵包，繼續上路的時候說：

「現在你們會比較舒服了。」

過一陣子之後，她來到一頭乳牛面前，乳牛站在空桶子旁邊哞哞叫著。乳牛對她說：

「小姑娘！小姑娘！幫我擠擠奶！請幫我擠個奶！我已經足足等了七年，一直沒人來替我擠奶！」

於是好心的姑娘停下腳步，擱下包袱，將奶擠進桶子裡，繼續上路的時候說：

「現在你會比較舒服了。」

不久，她來到一棵蘋果樹那裡，樹上結著累累果實，壓得枝椏都快斷了。蘋果樹對她呼喚：

「小姑娘！小姑娘！請搖搖我的枝椏，果實重得我都站不直了。」

善心的女孩停下腳步，擱下包袱，搖了搖枝椏，讓蘋果掉下來，好讓樹木好好站直，繼續上路的時候說：

「現在你會比較舒服了。」

於是她繼續往前走，最後來到一棟房子，那裡住了一個老女巫。女巫正想找個女僕，承諾會支付優渥的薪資。於是女孩答應留在她那裡，試試看自己喜不喜歡這份差事。她必須掃地，保持住家的整潔，讓爐火燒得又亮又旺。但女巫說有件事她千萬不能做，那就是抬頭去看煙囪！

「如果妳抬頭看煙囪，」女巫說，「就會有東西掉在妳頭上，妳就會有不好的下場。」

女孩掃地除塵，打理火爐，但一直沒拿到半分酬勞。女孩並不喜歡替女巫工作，一心想回家，因為女巫會吃水煮嬰兒當晚餐，還把骨頭埋在花園裡的石頭底下。但她又不想身無分文回家去，於是只好繼續待下去，掃地除塵，善盡職守，彷彿相當滿意這份差事。接著有一天，她正在清掃壁爐，有些煤灰滾落下來，她忘了不可抬頭看煙囪的禁令，仰頭去看煤灰從哪來的。看哪！一大袋金子忽然掉進她懷裡。

女巫恰好出門辦事，於是女孩心想這是溜回家的好機會。
於是她撩起裙子，拔腿跑回家。但是沒跑多遠，就聽到女巫乘著掃把追過來。之前在她幫忙下站直身子的蘋果樹湊巧近在咫尺，於是她奔向那棵樹並說：

「蘋果樹！蘋果樹，請將我藏起來
別讓老女巫找到我，
如果她找到我，就會啃我的骨頭，
將我埋進花園石頭下。」

接著，蘋果樹說：「我當然願意。妳當初幫我站直身子，善有善報。」
於是蘋果樹將她好好藏在綠色枝椏之間，巫婆飛過的時候說：

「我的樹啊！我的樹！
你有沒有看到我那淘氣的小女僕？

跑得飛快，扛著大袋，
她偷了我的錢——我所有的錢財。」
蘋果樹回答：
「沒有，親愛的老太太，七年來都沒看到！」
於是巫婆往錯誤的方向飛下去，女孩爬下樹，客氣地道謝一番，然後再次上路。但是就在她到了站在桶子旁邊的乳牛那裡，又聽到巫婆就快飛來，於是奔向乳牛喊著：
「乳牛！乳牛，請將我藏起來
別讓老女巫找到我，
如果她找到我，就會啃我的骨頭，
將我埋進花園石頭下。」
「我當然願意，」乳牛回答，「妳之前不是幫我擠奶，讓我舒服起來嗎？藏在我後頭，妳就會很安全。」

巫婆飛過的時候，向乳牛呼喚：

「噢，我的乳牛！我的乳牛！
你有沒有看到我那淘氣的小女僕？
跑得飛快，扛著大袋，
她偷了我的錢——我所有的錢財。」

乳牛只是有禮貌地說：

「沒有，親愛的老太太，七年來都沒看到！」

然後老巫婆繼續朝錯誤的方向前進，女孩再次朝家裡奔去。但就在快到爐灶佇立的地方時，她聽到那個可怕老巫婆又從背後追了上來。於是她盡其所能拔腿快跑，然後喊道：

「噢爐灶！爐灶！把我藏起來
別讓老女巫找到，
如果她找到我，就會啃我的骨頭，
將我埋進花園石頭下。」

然後爐灶說：「現在有另一批麵包正在烤，恐怕沒有空間讓妳躲，不過，烘焙師傅就在那邊——問問他。」

於是她去問烘焙師傅，他說：「我當然願意幫忙。妳救了我上一批麵包，讓它們不被烤焦。妳快跑到烘焙室去，那裡滿安全的，我會替妳應付巫婆。」

於是她及時躲進烘焙室，老巫婆氣沖沖呼喚：

「噢，我的男人！我的男人！
你有沒有看到我那淘氣的小女僕？
跑得飛快，扛著大袋，

她偷了我的錢——我所有的錢財。」

然後，烘焙師傅回答，「看看爐灶裡，她可能在那裡。」

巫婆從掃帚下來，往爐灶裡窺探，但誰也沒看到。

「爬進去，瞧瞧最遠的角落。」麵包師傅狡猾地說，巫婆爬進去，這時——

砰！——

他當著她的面關上爐灶的門，她就在裡頭烤啊烤。等她跟著麵包一起出爐的時候，渾身烤成咖啡色，酥酥脆脆，得趕快衝回家，往身上抹遍冷霜！

那個心地善良、熱心助人的小女孩最後帶著那袋錢，安全回到了家。

壞脾氣的姊姊非常嫉妒妹妹的好運，決心也要拿到一袋金子。於是輪到她將行李整理成包袱，開始沿著同一條路去找工作。但是她來到爐灶這裡時，麵包求她將它們拿出來，因為它們已經連續烤了整整七年，都快烤焦了。她頭一甩，說：

「最好有這個可能啦。為了救你們的外皮，會害我自己的手指燙傷。不了，多謝！」

說完，她繼續上路，最後來到站在桶子旁邊，巴巴等人擠奶的乳牛。可是當乳牛說：

「小姑娘！小姑娘！幫我擠擠奶！請幫我擠個奶！我等人替我擠奶都等七年了——」

她只是哈哈笑，回答說：「你可以再等七年，我才不在乎呢。我又不是你的擠奶工！」

語畢，她繼續上路，最後來到蘋果樹那裡，結實纍纍壓得樹身承受不住。但是當樹懇求她幫忙搖搖枝椏，她只是咯咯笑，順手摘了一顆熟蘋果，並說：

「我一顆就夠了，其餘你自己留著。」

講完，她繼續上路，一面啃著蘋果，最後來到巫婆的家。

巫婆上回在爐灶裡烤得又焦又脆，雖然已經恢復過來，但是對所有小女僕都懷著怒氣，下定決心絕不會被這一個耍弄。於是巫婆待在家裡久久不出門，壞脾氣的姊姊一直沒機會抬頭看煙囪，她原本打算一來就馬上這麼做。她不得不努力除塵、清潔、洗刷、掃地，最後整個人都累垮了。

不過，有一天，女巫走進花園去埋人骨的時候，姊姊把握機會，仰頭往煙囪一看。

一袋金子咚咚掉進她懷裡。

她立刻帶著那袋金子啟程，拚命跑啊跑，最後來到蘋果樹那裡，這時她聽到巫婆就在後頭。於是她跟妹妹一樣嚷嚷：

「蘋果樹！蘋果樹，請將我藏起來
別讓老女巫找到我，
如果她找到我，就會打斷我的骨頭，
或是將我埋進花園石頭下。」

但是蘋果樹說：

「這裡沒位置了！我蘋果太多了。」

於是她不得不繼續往前衝。巫婆騎著掃帚飛過的時候，呼喚：

「我的樹啊！我的樹！

你有沒有看到我那淘氣的小女僕？
跑得飛快，扛著大袋，
她偷了我的錢——我所有的錢財。」

蘋果樹回答：
「是的，親愛的老太太，她往那邊去了。」
然後巫婆追了上去，逮到她，狠狠揍了她一頓，拿走那袋金子，趕她回家去。她之前除塵、掃地、刷洗、清掃，全是做白工，最後一毛錢也沒拿到。

豆知識

好女孩得到獎賞，而壞女孩被懲罰，請到這種類似的故事一定會提到格林童話的《霍勒太太》（*Frau Holle*）。

佩羅的《蟾蜍與鑽石》（*Toads and Diamonds*）也是同個類型的故事。

醜蟲[4]

班伯城堡裡曾經住著一位國王，他有兩個孩子，叫柴德溫德的兒子，以及叫梅瑪格麗特的女兒。他們的母親是一個好女人，早早就過世了。長年以來，國王一直忠誠地悼念著妻子。但是，在兒子柴德溫德離家出外闖蕩之後，國王在森林裡打獵時遇到一位絕世美人，旋即墜入愛河，決心娶她為妻。

梅瑪格麗特公主想到，母親的地位即將被一個陌生女人取代，也想到自己必須放棄

4 這個蟲在古英文裡，另有大蛇或惡龍的意思，在這個故事裡指的是惡龍。

為父王持家的職責，心裡不大高興，她向來以自己的工作為榮，但她什麼都沒說。她久久站在城堡高牆上眺望大海，祈願親愛的哥哥回家來；成長期間，兩人一直像母親那樣彼此呵護。

柴德溫德依然遲遲沒有音訊。老國王要帶新王后回家的那天，梅瑪格麗特清點了城堡房間的鑰匙，綁在一條線繩上，接著為了求好運，往左肩後方拋——是為了父親，而不是新王后。然後她站在城堡大門那裡，將那串鑰匙交給繼母。

北方的王宮貴族跟著婚禮行列浩浩蕩蕩來到，有幾位蘇格蘭顯貴也出席了，新娘看來如此姣好甜美，王公貴族交頭接耳，盛讚她的美貌。梅瑪格麗特以畫眉鳥般的嗓音說：

「噢，歡迎，歡迎，父親，來到你的殿堂與塔樓！也歡迎妳，我的繼母，這裡的一切都屬於妳！」

梅瑪格麗特在台階上轉身，步履輕快，走進了庭院，蘇格蘭顯貴大聲說：「確實！梅瑪格麗特的優雅超越了我們見過的所有人，她長得真標緻！」

新王后無意間聽到這番話，跺了跺腳，憤怒得脹紅了臉，轉身喊道：「你們不該將我算進去[5]，但我能把梅瑪格麗特拉低到醜蟲的程度；讓她的地位降到低如盤著岩塊的醜蟲一樣，等柴德溫德回來，才能破除這巫術。」

聞此，梅瑪格麗特笑了笑，不知道她的新繼母雖然貌如天仙，其實是個巫婆。那陣笑聲又讓那個邪惡女人更加憤怒。於是當天晚上，她離開華美的床，回到寂寞的洞窟，也就是她向來施法的地方。她念了九次咒語，用手揮動八十一次，向梅瑪格麗特施下法術，這就是她的魔咒：

「我詛咒妳成為一條醜陋的蟲，妳永遠會是這個模樣，直到國王親愛的兒子柴德溫德越過大海回家來。除非柴德溫德出於自願，主動吻妳三回，否則妳的魔咒直到世界末日都無法解開！」

於是梅瑪格麗特上床時還是個美麗的女子，優雅大方，隔天早上起床時卻成了醜陋的大蟲。侍女過來替她更衣時，發現她成了嚇人的惡龍，蜷縮在床鋪上。惡龍展開身體，朝她們爬來。她們嚇得四下竄逃，惡龍偷偷摸摸爬啊爬，爬啊爬到海邊，直到抵達叫做

5 意思就是，顯貴們不該把她歸入「所有人」裡，也就是美貌比不過梅瑪格麗特。

赫孚的紡錘形岩塊那裡。牠繞著那個岩塊，躺下來曬太陽。

東西南北方圓七英里，整個鄉間都知道紡錘岩赫孚的醜蟲有多飢餓。飢餓驅使這頭恐怖妖獸在夜間離開休憩的地方，沿途不管碰到什麼一律吞下肚。

最後一個有智慧的巫師告訴人們，如果想擺脫這樣的恐怖生活，每天早晚都要擠出七頭乳牛的每滴奶水，放進赫孚底部的石槽，供醜蟲暢飲。他們聽話照做，之後醜蟲就不再騷擾這片鄉野，而是繞著赫孚躺臥，可怕的口鼻伸向空中，往外眺望大海。

但是牠的作為早已傳遍東西，越過海洋，傳到了柴德溫德耳裡，這個消息觸怒了他。因為他認為這跟他摯愛的梅瑪格麗特失蹤脫不了關係。於是將旗下的士兵召集起來，並說：「我們一定要坐船回班伯去，在紡錘石那裡登陸，好壓制並殺掉那隻醜蟲。」

事不宜遲，他們開始打造一艘船，以花楸樹的木頭搭建龍骨，也用花楸木打造桅杆，連船槳也用這種木料。完備之後便駕船出發。

邪惡的女王透過巫術得知他們即將返國，派出她的小鬼們讓風停下來，原本隨風翻飛的絲料帆布無力掛在桅杆上。但柴德溫德毫不氣餒，召喚划槳手上陣。有天早上，邪惡的王后從城堡主樓往外眺望，看到那艘宏偉的船駛進班伯港，立刻派出所有的女巫和小鬼，掀起一場暴風雨，好讓那艘船沉落海裡。但她的嘍囉們完全傷不了那艘船，只能無功而返，因為這艘船由花楸木所打造，巫婆無法施法影響它。

巫婆王后情急之下，便對那條醜蟲下咒說：「噢！醜蟲！醜蟲！翻倒他們的中桅。去吧！鑽過沙地，爬到龍骨下面。」醜蟲別無選擇，只能聽令行事。醜蟲往上彈，往下跳，纏繞每塊木板。當船接近海岸，船身一翻，彷彿就要沉沒。

柴德溫德試圖登陸九次，那艘好船每回都因醜蟲的阻撓而上不了岸。最後，柴德溫德下令將船轉向，巫婆女王從城堡主樓監看，以為他已經放棄。但是他毫不氣餒，只是繞過下個峽角，以便搶登巴德里的沙灘。他在那裡，跳進淺灘的水，安安全全登了陸，抽出經過試煉的劍，衝上前要跟那條恐怖的蟲交戰。但是當他舉劍正要劈砍，卻聽到一個聲音，輕柔有如西風：「噢，放下你的劍，鬆開你的弓，給我三個吻，我絕不會傷害你，雖然我模樣像醜蟲！」

就他聽來，就像親愛妹妹梅瑪格麗特的聲音。於是他停住動作。醜蟲再次說：「噢，放下你的劍，鬆開你的弓，忘了我的醜蟲外在。饒恕冤仇，吻我三回。看在你對梅瑪格麗特的愛的份上。」

柴德溫德想起自己曾經多愛妹妹，便用手臂環抱這條醜蟲，吻了一回。再吻這個令人嫌惡的東西第二回。他雙腳踩在濕沙上，吻了第三回。

醜蟲發出低嘶與咆哮，往沙灘上一倒。他的懷裡正是梅瑪格麗特！

她在冰冷的海風裡瑟瑟發抖，他用披風裹住她，抱著她回到班伯城堡。邪惡的王后知道自己的死期將至，手下的小鬼和女巫都遺棄了她。她站在樓梯上，扭絞雙手。

151 醜蟲

柴德溫德看著她大喊：「哎！妳活該受罰，妳這邪惡的巫婆！願災難臨到妳的頭上！妳讓梅瑪格麗特承受的厄運，妳也同樣要承受。從今以後，妳會成為醜蟾蜍，在泥巴裡活動，魔咒永不解除，直至世界末日。」

他說著的同時，邪惡的王后開始萎縮，縮個不停，最後成為皺巴巴的可怕蟾蜍，沿著城堡階梯往下蹦跳，消失在縫隙裡。

但直到今日，在班伯的主樓有時還是會看到一隻討人厭的蟾蜍流連不去；而那隻醜蟾蜍就是邪惡的巫婆王后！

但柴德溫德和梅瑪格麗特依然跟往昔一樣相親相愛，從此以後過著幸福快樂的生活。

豆知識

這個故事在班伯附近普遍流傳，民謠版本是《肯普．奧溫》（*Kemp Owyne*）。主角是十六世紀廣為流傳的威爾士英雄。

傑克和魔豆

很久很久以前，世界大半都還很年輕，因為諸事美好，人人都能做自己喜歡的事情。有個男孩叫傑克。

他父親臥病在床，母親是個心地善良的人，早晚忙著賣牛奶和奶油（由家裡那頭美麗的母牛「牛奶白」，不間斷地供應給他們），想方設法撫養生病的丈夫和年輕的兒子。

當時是夏天。冬天來到，田野上的香草為了逃開冰霜，躲進溫暖的土壤，雖然母親派傑克到灌木樹籬去採集草糧，但往往只帶著空布袋回來；因為傑克常常充滿驚奇地看著事事物物，有時根本忘了要工作！

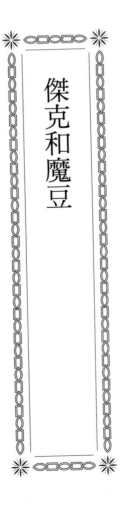

有天早上，牛奶白身上根本沒奶可擠——一滴也沒有！這個勤奮的好母親抓起圍裙往頭上一丟，抽泣起來：

「我們該怎麼辦？我們該怎麼辦？」

傑克深愛母親，想想自己都長這麼大了，卻沒做多少事幫忙，覺得有點良心不安，於是說：「開心點！開心點！我會去什麼地方找份工作。」他覺得自己光是開口講這番話，手指彷彿就有了勤奮工作的感覺，但這個好女人悲傷地搖搖頭。

「你以前就試過了，傑克，」她說，「沒人願意雇用你。你是個好孩子，可是老愛做白日夢。不，我們必須賣掉牛奶白，靠賣牛的錢過活。對著擠不出來牛奶的牛哭泣，根本是無濟於事！」

她不只是個工作勤奮的女人，也相當有智慧。傑克精神一振。

「說的也是，」他嚷嚷，「我們會賣掉牛奶白，變得比之前更富有。賽翁失馬焉知非福。今天是市集日，我會牽牛過去，看看狀況如何。」

「可是——」母親開口。

「說『可是』也不會有結果，」傑克哈哈笑，「相信我，我會談個好價錢的。」

今天恰好是洗滌衣物的日子，加上丈夫病況比之前嚴重，於是母親讓傑克單獨出發去賣牛。

「不能少於十鎊喔。」他繞過屋角時，母親對著他的背影大喊。

什麼十鎊啊！傑克下定決心要賣個二十鎊。紮紮實實的二十個金幣！

他才剛決定到時候要從那筆錢撥一點買禮物送母親，就在路上碰見一個矮小怪老頭，對方出聲喚道，

「早安啊，傑克！」

「早安。」傑克回答，禮貌地一鞠躬，納悶這個矮小怪老頭怎麼會

知道他的名字，雖說有不少人都取這個名字。

「你要上哪去啊？」矮小怪老頭問。傑克再次忖度——他腦袋老是轉個不停——自己的去向關這老頭什麼事，但他一向彬彬有禮，於是回答：

「我要上市集去賣了牛奶白——我打算談個好價錢。」

「你會的！你會的！」矮小怪老頭呵呵笑，「你這小伙子看起來挺有能耐的。我敢說你知道有多少顆豆子等於五[6]？」

「兩隻手各兩個，嘴裡再一個。」傑克不假思索回答。他真的很伶俐。

「沒錯！沒錯！」矮小怪老頭呵呵笑，邊說邊從口袋裡掏出五顆豆子。「喏，在這邊，把牛奶白交出來吧。」

傑克啞然失色，嘴巴開開站著，彷彿等著第五顆豆子飛進嘴裡。

「什麼！」他終於說出口，「拿我的牛奶白換五顆普通的豆子！哪有可能啊！」

---

6 原文為 knew how many beans make five，在此為了呼應下一句而採字面翻譯，但這個成語的字意為聰慧明智。可以做出妥當的決定。怪老頭這整句的意思是，我敢說你這個人聰明睿智。

「可是它們不是普通豆子，」矮小怪老頭打岔，古怪的小臉上露出一抹古怪淺笑，「種下這些豆子，過了一夜，到了早上就會長大竄進天空裡。」

傑克這一次吃驚到張不開嘴，只是瞪大眼睛。

「你剛剛說會竄進天空？」傑克好不容易開口問。比起其他東西，傑克向來對天空有無比想像。

「會竄進天空沒錯，」怪老頭重複，每說一個字就點一次頭，「這筆生意很划算，傑克，而且絕對公平，如果你發現豆子沒長大——欸！明天早上回到這裡來找我，你可以把牛奶白要回去。這樣滿意了吧？」

「太好了。」傑克嚷嚷，沒停下來思考，轉眼間，他就發現自己一人站在空蕩蕩的馬路上。

「兩隻手各兩個，嘴裡再一個，」傑克重複，「我剛剛就是這麼說，那就這麼做好了。諸事順利，如果那個怪小老頭說的是假的，我明天早上就把牛奶白要回來。」

於是他吹著哨子、嚼著豆子，開開心心走回家，納悶等他上了天空，那裡會是什麼模樣。

「你花了好長時間！」母親驚呼，正在大門那裡焦慮地張望，「太陽都下山了，不過我看你賣了牛奶白。快跟我說，你賣了多少錢？」

「妳絕對猜不到。」傑克開口。

「求主垂憐！是嗎？」這個好女人打岔，「我擔心了一整天，就怕你給人騙了。多少？十鎊——十五鎊——不可能有二十吧！」

傑克得意洋洋，伸出拿豆子的那隻手。

「喏，」他說，「這就是我賣牛換來的，而且非常合算！」

這回輪到母親目瞪口呆，但她只說得出：

「什麼！竟然是豆子！」

「對，」傑克回答，開始懷疑自己的智慧，「可是是魔法豆。夜裡種下去，隔天早上就會長到天空那麼高！噢，別打這麼大力啦！」

傑克的母親難得發了脾氣，卯起來痛打兒子。她打完罵完之後，將那些可憐的豆子拋出窗外，不給兒子晚餐吃，直接趕他上床去。

如果這就是那些豆子的魔法效果，傑克悔恨地想，他可不想要更多魔法。

不過，他身體健康，生性爽朗，轉眼便進入夢鄉，沉沉睡去。

他醒來的時候，起初以為是月光，因為房裡的一切蒙著淡淡的綠。接著他盯著小窗。窗外蓋滿了垂簾似的葉子。他旋即下了床，等不及換衣服，轉眼爬上前所未見的巨大豆莖。那個小怪老頭說的是真的！母親拋進菜園裡的其中一顆豆子找到土壤，生了根，在夜裡竄長……

竄到哪裡去了呢……？

竄進天空裡？傑克不管怎樣都要一探究竟。

於是他往上爬啊爬。爬起來還算輕鬆，因為這個巨型豆莖兩側都長了葉子，就像梯子似的。儘管如此，他很快就上氣不接下氣。換過氣來之後，正開始納悶，等會兒是不是得再休息一次，一條寬闊閃亮的白色馬路隨即映入眼簾，往遠處不停延伸。

於是他開始走路，不停走啊走，最後來到一座高大閃亮的白房子，門前有寬闊的白階梯。

門前階梯上站著一個體型高壯的女人，手裡端著一只熬燕麥粥的黑鍋。傑克前晚沒吃晚餐，現在飢腸轆轆，看到那只鍋子時，客氣地說：

「早安，女士。我在想妳能不能分我一點早餐？」

「早餐！」女人重複他的話，其實她是食人妖的妻子，「如果你想要早餐，你就可能會變成早餐。我丈夫隨時都會回來，他最愛拿人類男孩當早餐了——可以拿來燒烤的胖男孩。」

傑克可不是膽小鬼，不管他想要什麼，通常都能如願以償，於是他快活地說：

「要是吃了早餐，我會更胖！」聞此，食人怪的妻子哈哈笑，要傑克進門來。她其實沒有外表看來的一半壞。但他才剛吃完飲盡她給的一大碗粥和牛奶，整棟房子便開始抖顫搖晃。食人怪回家來了！

砰！砰！砰！

「你快躲進烤箱！」食人怪的妻子喊道，烤箱鐵門才剛關上，食人妖就闊步走進來。傑克透過烤箱頂端的小窺孔，就是排放蒸氣的地方，可以看到巨人的身影。

巨人確實是個龐然大物，腰帶上掛了三頭羊，他將羊用力丟在桌子上。「拿去，老婆，」他嚷嚷，「替我烤了這些小東西當早餐。我整個早上只抓到這些，運氣真差！我希望烤箱是熱的？」他走過去摸了摸把手，傑克爆出一身冷汗，忖度接下來會發生什麼事。

「烤！」食人妖的妻子說，「呸！那些小東西會乾到變成炭渣，最好用水煮。」

於是她開始動手要水煮，但食人妖開始在屋裡嗅來嗅去。「聞起來——不是羊肉的味道。」他低吼。接著眉頭緊蹙，唱起了食人妖的招牌韻文：

「咿，吼，唷，喂，
我聞到英國人鮮血的氣味。
管他是活還是死，
我要拿他骨頭磨成粉做麵包。」

「別傻了！」他妻子說，「你聞到的是你昨天當晚餐吃的小男孩骨頭，我拿了他骨頭在燉湯呢！來，吃你的早餐，這才是個好食人妖！」

於是食人妖吃了那三隻羊，吃完以後，走到一個橡木大箱旁，拿出三大袋金幣。他把這幾個袋子擺在桌上，開始數裡頭的金幣。他的妻子則忙著清理早餐用具。不久，巨

人點起腦袋，最後開始打呼，鼾聲大到整棟房子都在搖晃。

接著傑克趕緊從烤箱爬出來，抓起一袋金幣，悄悄離開，沿著那條筆直寬闊且閃亮的馬路，用最快的速度狂奔，最後來到豆莖那裡。那袋金子沉甸甸，他沒辦法帶著下豆莖，於是他先將袋子往下丟，匆匆忙忙追在後頭往下爬。

當他來到豆莖底部，母親正用最快的速度，在菜園裡撿金幣，那只袋子當然已經爆開。

「天可憐見！」她說，「你去了哪裡？看！下了黃金雨呢！」

「不，才不是，」傑克才開口，「我剛爬上——」接著轉身去找豆莖。看哪！豆莖早已消失蹤影！這下他終於明白，這真的是魔法。

之後，他們一家靠著那些金幣快快樂樂生活了好久時間。臥病在床的父親有各式各樣的好東西可以吃。不過，最後，有一天傑克的母親滿面愁容，將一大塊金幣交到傑克手裡，要他上市集採買的時候省著點用，因為錢箱裡一個金幣也沒有了。之後全家就得挨餓度日。

那天晚上，傑克自願不吃晚餐就上床就寢。如果他賺不了錢，他心想，那麼至少可以少吃一點。堂堂一個大男生對家計沒什麼貢獻，還天天吃飽喝足，說來實在慚愧。

他睡得好沉，沒吃太多的男孩就會這樣。他醒來的時候……

嘿，才一轉眼！整個房間便籠罩在綠光裡。窗外蓋著一層垂簾似的樹葉！又有一顆豆子在夜裡生長，傑克以迅雷不及掩耳的速度下了床。

這一回，他比上次更快爬到那條筆直寬闊的白色馬路，眨眼間就發現自己站在那幢高聳的白房子前面，食人妖的妻子正站在寬闊的白色階梯上，手裡提著熬燕麥粥的黑鍋。

這一次，傑克大膽得不得了。「早安，女士，」他說，「想請問妳能不能給我早餐吃，因為我昨天沒吃晚餐，肚子餓得咕嚕叫。」

「走開，臭小子！」食人妖的妻子回答，「上一次我給了一個男孩早餐，結果我家男人丟了一整袋金子。我相信你就是那個男孩。」

「也許是，也許不是，」傑克說，笑了一聲，「等我吃完早餐，我就跟妳說實話，可是要等到那時候再說。」

食人妖的妻子好奇得不得了，給了他一大碗粥，但他才沒吃半碗，就聽到食人妖走過來——

砰！砰！砰！

「你快躲進烤箱，」食人怪的妻子尖聲說，「等他睡著了，你再告訴我。」

這一次，傑克透過蒸氣窺孔看到食人怪的腰帶上掛了三頭肥牛。

「今天運氣比較好，老婆！」他嚷嚷，大嗓門撼動了房子，「快！燜烤這些小東西當我的早餐！我希望烤箱是熱的？」

他過去摸摸烤箱門把，但妻子厲聲喊道：

「燜烤！欸，燜烤要等幾個小時才會好！用簡單的燒烤就好——看壁爐的火多旺！」

「嗯哼！」食人怪低吼，接著開始嗅來嗅去，出聲呼喚：

「咿，吼，唷，喂，
我聞到英國人鮮血的氣味。
管他是活還是死，
我要拿他骨頭磨成粉做麵包。」

「說什麼傻話！」食人妖的妻子說，「只是你上星期吃完的男孩骨頭，我收進了裝廚餘的桶子！」

「嗯哼！」食人妖刺耳地說，但還是乖乖吃了燒烤小牛，然後對妻子說：「把我那隻下金蛋的母雞帶來。我想看看黃金。」

於是食人妖的妻子帶一隻大大的黑母雞，和一把閃亮的紅梳子過來，用力放在桌面上，然後著手將早餐用具收拾乾淨。

接著食人妖對母雞說：「下蛋！」母雞立刻下了——你想是什麼？——一顆美麗閃

亮、黃澄澄的金蛋！

「不賴喔，小母雞，」食人妖哈哈笑，「只要有妳在身邊，我就不怕落得向人伸手乞討的命運。」然後又說一次，「下蛋！」看哪！又是一顆美麗閃亮、黃澄澄的金蛋！

傑克幾乎不敢相信自己的眼睛，打定主意，不管怎樣都要把那隻母雞弄到手。當食人妖開始打盹，傑克就像閃電一樣從烤箱裡衝出來，抓走母雞，死命快逃！不過，他沒料到這個戰利品會發出聲音，洩漏他的行蹤。你也知道，母雞下了蛋之後，離開自己的窩巢時，總會嘎嘎叫，而這一隻拚命狂叫，吵醒了食人妖。

「我的母雞呢？」他大叫。他妻子衝進房裡，兩人一起奔到門口，但傑克領先他們不少，他們只看到一個小小人影，沿著寬闊的白色馬路遠去，抓著黑母雞的雙腳。黑母雞又嘎嘎狂叫，猛拍翅膀。

傑克根本不知道自己是怎麼爬下豆莖的。翅膀、葉子、羽毛、嘎嘎叫，整個亂成一團，但他還是順利爬下豆莖。母親站在那裡，還以為天空就要塌下來了！

但是傑克一落地，就出聲喚道，「下蛋！」黑母雞不再嘎嘎叫，下了一顆大得不得了，閃亮亮、黃澄澄的金蛋。

於是每個人都心滿意足。從那個時刻起，一家人想買什麼都有錢買。不管想要什麼，只要說：「下蛋！」黑母雞就會供應黃金給他們。

但傑克好奇，除了錢之外，還能不能在天空中找到其他東西。於是某個月亮撫照的晴朗仲夏夜，他拒絕了晚餐，上床睡覺以前，悄悄提著大大的灑水器，往他窗下的地面澆了澆水。因為，他心想，一定還有兩顆豆子掉在某個地方，也許地上太乾，豆子發不了芽。然後他深深陷入夢鄉。

看哪！他醒來的時候，有一道綠光透過窗戶閃閃爍爍，轉眼他已經攀上了豆莖，卯足全力往上爬啊爬不停。

但這一次他知道最好別去討早餐。因為食人妖的妻子肯定會認出他來。於是他躲在那棟白色大房子旁邊的樹叢裡，最後看到她進了炊具室，於是悄悄從樹叢溜出來，躲進了大水壺裡，因為他知道她一定會先檢查烤箱。

不久，他就聽到——

砰！砰！砰！

他從茶壺蓋的縫隙往外偷窺，可以看到食人怪腰帶上掛著三頭巨大的牛，昂首闊步走進來。但是這一次，食人怪才踏進屋裡，就開始大叫：

「咿，吼，唷，喂，

我聞到英國人鮮血的氣味。

管他是活還是死，

我要拿他的骨頭磨成粉做麵包。」

因為茶壺蓋子無法像烤箱門那樣關得那麼密，而食人妖的鼻子聞起味道來，跟狗一般靈敏。

「唔，我發誓我也聞到了！」食人妖的妻子驚呼，「一定是偷走那袋黃金和那隻母雞的臭小子。如果是，他會躲在烤箱裡！」

但是她打開烤箱門的時候，瞧！傑克不在那裡！只有幾個帶骨肉塊在裡頭燜烤，滋滋冒著油。然後她哈哈一笑並說：「你跟我都是呆子。欸，是你昨天晚上逮到的那個男孩，我做成了早餐要給你吃。沒錯，我們真傻，竟然把死肉當成活人了！吃你的早餐吧，這樣才是好食人妖！」

但食人妖雖然吃烤男孩吃得津津有味，卻不滿足，偶爾還是會突然大喊「咿，吼，唷，喂」，然後起身搜索櫥櫃，讓傑克一直嚇得渾身發燙，深怕他會想到大水壺。

可是他並沒有。他吃完早餐之後，向妻子呼喚：「把我的魔法豎琴拿過來！我想娛樂一下。」

於是她拿出一把小豎琴，擺在餐桌上。食人妖往椅背一靠，懶洋洋說：

「唱吧！」

看哪！那把豎琴唱了起來。你想知道它唱些什麼？欸！它什麼都唱！樂聲如此悅耳悠揚，傑克忘了要害怕，而食人妖忘了去想「咿，吼，唷，喂」，最後不只睡著了，而且——

沒、有、打鼾。

這時傑克像老鼠一般，從大水壺裡鬼鬼祟祟爬出來，手腳著地悄悄爬到餐桌那裡，動作輕柔站起身來，抓住那把魔法豎琴。他決定要占有它。

但是，他才一碰豎琴，豎琴立刻放聲呼喊：「主人！主人！」食人妖醒過來，看到傑克匆匆逃離，於是追了上去。

我的天，真是一場刺激的追逐！傑克動作敏捷，但食人妖的腳步有兩倍長。不過傑克像野兔一樣時而折返時而迂迴前進，最後，抵達豆莖時，食人妖在後面相隔不到十二碼的距離。沒有時間思考，傑克只是撲向豆莖，以最快的速度往下行，豎琴繼續扯著嗓門大喊：「主人！主人！」才往下爬到四分之一的距離，豆莖一陣恐怖的甩動，傑克險些從上頭摔下來。原來是因為食人妖開始往下爬，他的重量壓得豆莖像暴風雨中的樹木一樣搖搖晃晃。傑克知道這是生死關頭，往下爬得越來越快，邊爬邊吶喊：「媽媽！媽媽！快拿一把斧頭來！」

運氣不錯的是，他母親正好在後院砍柴，她跑過來，以為這會兒天已經塌下來了。就在那一刻，傑克著地了，他拋下豎琴——豎琴立刻唱起各種美妙的歌曲——抄起那把斧頭，狠狠劈砍豆莖。豆莖又晃又搖，像微風吹拂的大麥那樣彎折。

「小心啊！」食人妖大喊，抓得死緊。但傑克確實很小心，給了豆莖高超的一擊，豆莖連同食人妖一起往下翻覆，想當然爾，食人妖摔破腦袋，當場斷了氣。

之後，每個人都很開心。他們有黃金可用，生活過得相當寬裕。如果臥病在床的父

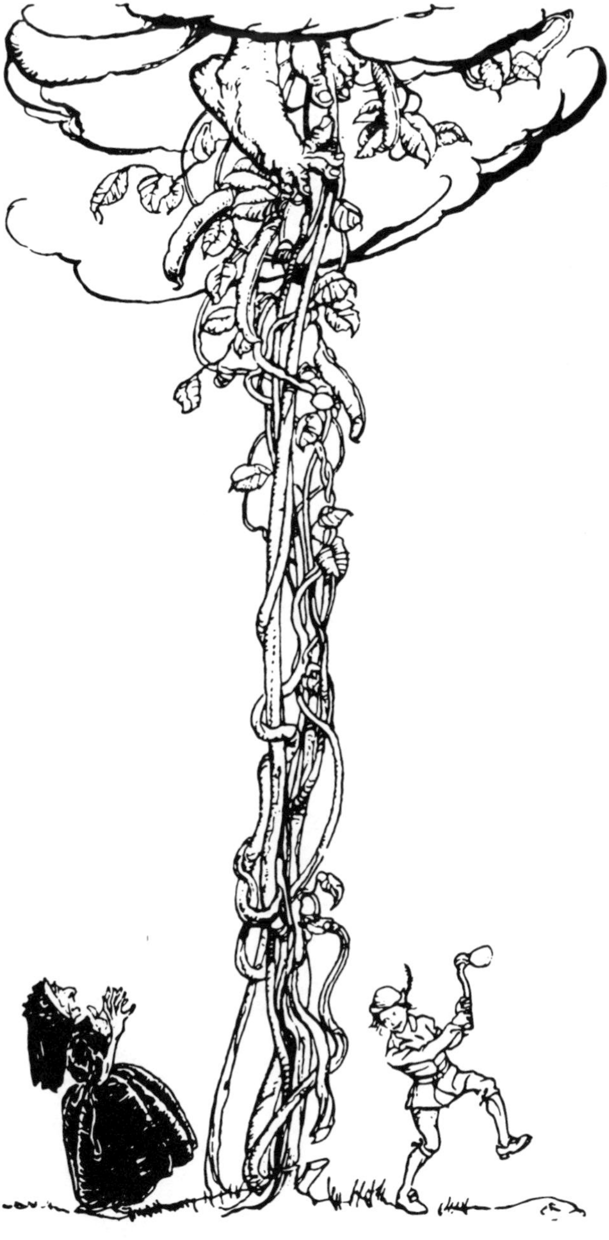

173 傑克和魔豆

親覺得無聊，傑克只消拿出豎琴並說：「唱吧！」看哪！它會唱起太陽底下發生的所有事情。

於是傑克不再那麼常做白日夢，變成了個相當有用的人。

最後一顆豆子依然在菜園裡，還沒長出來。

我好奇它到底會不會長大？

又有哪個小小孩會沿著它的莖，往上爬進天空？

而那個孩子又會發現什麼？

真有意思！

豆知識

《傑克與魔豆》最著名的「傑克寓言」故事之一，「傑克寓言」裡的主角是典型的英國英雄。

研究指出，這個故事可追溯至數千年前「男孩偷走巨人寶藏」的故事類型。巨人的台詞：「咿，吼，唷，喂！我聞到了英國人的氣味。」同樣出現在莎士比亞的《李爾王》第三幕第四場：「呸，嘿，哼！我聞到了一股不列顛人的血腥。」（Fie, foh, and fum, I smell the blood of a British man.）

目前流傳最廣的是約瑟夫．雅各布斯改寫的版本，也被認為最接近昔日口耳相傳的版本，因為故事中沒有說教的部分。

這個故事有一個很破舊的小冊子版本，出自民俗傳說作者哈特蘭（E. S. Hartland）。在這個版本中，當傑克到達豆莖的頂端時，他遇到了一位仙子，仙子告訴他，食人魔偷走了傑克父親的所有財產。這樣做的目的是為了預防這個故事變成鼓勵盜竊的範本。

挪威的黑牛[7]

很久很久以前，挪威有個女爵，她膝下有三個女兒，各個都長得很漂亮。某天晚上，她們聊起想要婚嫁的對象。

大女兒說：「我對象的位階不能低於伯爵。」

二女兒說：「我對象的位階不能低於勳爵。」但老么，最漂亮也最開朗的那個，眼裡發出閃光，腦袋一甩並說：「姿態何必這麼高？只要有挪威的黑牛我就滿意了。」

7 原文為 The Black Bull of Norroway（諾洛威的黑牛），諾洛威是 Norway（挪威）的舊稱。

聞此，兩個姊姊要她安靜，不要隨便談起那頭怪獸。因為，書裡不是都寫了：

他們只能訴諸更極端的手段，
那頭全身烏黑的挪威黑牛；
蠟燭頓時停止燃燒，
吟遊詩人停止彈奏。

毋庸置疑，在眾人眼中，挪威的黑牛是可怕的妖怪。

但是小女兒一心想開玩笑，說她只要有挪威的黑牛就滿意了，反覆說了三回。

結果隔天早晨，有一輛由六頭馬拉的馬車沿著馬路搖搖晃晃駛來，裡頭坐著一位伯爵，要來向大女兒求婚。大家在婚禮上歡欣鼓舞，然後新娘和新郎乘著馬車離開。

接著，一輛由四頭馬拉的馬車載著一位勳爵，沿著馬路晃晃悠悠駛來。他想娶第二個女兒。於是兩人結為連理，眾人興高采烈，新娘與新郎坐著馬車離去。

之後，只剩年紀最小、最漂亮也最快活的妹妹，她成了母親的掌上明珠。所以你可以想像，有天早上門口傳來吼叫時，那位母親心裡有何感受。門前有一頭大黑牛正在等候自己的新娘。

母親聲淚俱下。起初女孩怕得跑去躲在地窖裡，但公牛一直站著等待。最後女孩上樓來，並說：

「我承諾過，自己有挪威黑牛當對象就滿意了，我一定要遵守諾言。再會了，媽媽，妳不會再見到我了。」

接著她坐上黑牛的背，黑牛靜靜載著她離開。黑牛只選最平坦的小徑和最好走的馬路來走，讓女孩至少不那麼害怕。但是她肚子餓了起來，差點要昏厥，這時黑牛以柔和的聲音，而不是吼叫，對她說：

「從我的左耳吃，
從我的右耳喝，
餘下的就留
明晚繼續用。」

於是她聽話照做，看哪！左耳裡擺滿了美味的東西可以吃，右耳則有滿滿可口的飲品，剩餘的還可以撐好幾天。

於是他們往前繼續跋涉，走啊走，穿過許多可怕的森林和許多寂寥的荒地，黑牛從來不曾停下腳步用餐，但背上的女孩繼續從牠左耳取東西吃，從牠右耳拿東西喝，將剩下的部分留到隔晚再吃。睡則睡在牠柔軟溫暖的寬闊牛背上。

最後他們抵達一座雄偉的城堡，那裡聚集了大批王公貴族，那些人對這般奇特的組合驚奇萬分。他們邀請女孩一起用晚餐，但將黑牛趕到田野上，跟同類一起過夜。

但是到了隔天早上，黑牛準備好要再載女孩上路。雖然女孩很不想離開這群令人愉快的同伴，但她想起自己的承諾，於是坐上牛背。他們繼續往前跋涉，往前再往前，穿過許多糾纏的樹林，越過許多高山。黑牛為她選擇最平坦的小徑，一路替她撥開荊棘和刺藤，她則從牠左耳拿東西吃、從牠右耳取東西喝。

最後他們來到一座輝煌的宅邸，公爵和夫人、伯爵和女伯爵正在那裡自得其樂。這群人雖然對這個奇特的組合極為訝異，還是邀請女孩入內用餐。他們想把黑牛趕到庭園過夜，但女孩想起黑牛一直多麼悉心呵護她，便請他們將黑牛安置在馬廄裡給牠優質的糧秣吃。

於是就這麼辦了。隔天早上，黑牛在大廳門口等著載女孩上路。她雖然有點捨不得離開這群好同伴，但還是開開心心坐上他的背。他們往前行，馬不停蹄，穿過濃密的刺藤樹叢，登上駭人的峭壁。黑牛總是將刺藤踩在腳下，選擇最平順的小徑，讓她安安穩穩從牠左耳拿東西吃、從牠右耳拿東西喝，什麼都不缺，但牠卻從來不曾進食。黑牛漸漸露出疲態，跛了一腳，此時太陽正要下山，他們來到一座美麗的宮殿，公主和王子正在一片綠地上玩球。這群人對這對搭檔驚奇不已，邀女孩加入他們的行列，下令要馬夫將黑牛帶到田野上。

但女孩想起黑牛為她做過的一切，於是說：「不要！讓牠待在我身邊！」看到牠跛了的腳上扎了根刺，便伏低身子，將刺拔出來。

看哪！令大家詫異的是，轉瞬間，眼前再也不是一頭模樣猙獰的嚇人公牛，而是人眼見過最俊美的王子。他跪在解救他的人腳邊，感謝她破除了殘忍的咒術。

王子說，有個邪惡女巫想跟他結婚不成，對他施了咒，除非有個美麗姑娘自願幫他一個忙，魔咒才可能破除。

「可是，」他說，「危險還沒完全過去。妳解除了夜間的魔法，還有白天必須克服。」

翌日早晨，王子不得不恢復公牛的型態，兩人一起出發上路。他們往前行，走啊走，最後來到令人害怕的陰暗幽谷。在這裡，王子要她從牛背下來，坐在一顆大石上。

「妳一定要待在這裡，」他說，「我要去跟那個老傢伙一決生死。注意了，我不在的時候，手腳千萬都別動，要不然我就再也找不到妳了。要是妳四周的一切都變成藍色，就表示我打敗了那個老傢伙。要是一切轉為紅色，就表示對方征服了我。」

語畢，便發出震耳欲聾的狂吼，出發去找他的死敵。

她坐在原地，靜得跟隻老鼠似的，手腳文風不動，連眼睛也定定不動，等待又等待。最後一切都變成了藍色。她欣喜若狂，心想愛人勝利了，一時忘了要維持不動，抬起了一腳，跨在另一腳上！

於是她等待又等待，久久端坐，最後筋疲力盡，而在這段時間他不停尋覓她的芳蹤，卻一直無法尋獲。

最後她起身，不知該往何處去，決心踏遍天下尋覓愛人。於是她往前走啊走，走啊走，最後有天走到幽暗樹林裡的一間小屋，那裡住了個垂垂老矣的婦人。婦人供她吃住，祝她任務順利，並且送她三顆堅果：一顆核桃、一顆大栗、一顆榛果，囑咐她：「當妳覺得心就要迸裂，就敲開一顆堅果，果殼裡會有適合妳的東西。」

聽了這番話，她大受鼓舞，繼續往前流浪，最後碰上一座玻璃大山擋住了去路。雖然她試著要爬上去，卻怎麼都做不到。她頻頻滑回原地，因為坡面像冰一樣滑不溜丟。

她只好往別的地方尋找通道，不停繞著山腳打轉，痛哭流涕，但都找不到踏腳的地方。最後來到一間鐵匠鋪，鐵匠說，如果她願意在他那裡服務七年又七天，他承諾會替

THE GLASSY HILL
THEE FOR CLOMB

她製作一雙鐵鞋，好讓她攀上玻璃山。漫長的七年加上短暫的七天，她辛勤工作，在鐵匠家裡紡紗、掃地、清洗。作為報酬，他給了她一雙鐵鞋，她穿著鐵鞋登上玻璃山丘，繼續往前走。

沒走多遠，便遇到一群高雅的王宮貴族，騎馬經過她身邊，正在談年輕挪威公爵婚禮上即將舉行的盛大活動。接著她路過幾個人，他們扛著琳瑯滿目的好東西，並告訴她，這些是給公爵婚禮用的。最後她來到一座宮殿城堡，庭院裡擠滿了廚子和烘焙師傅，有些往這邊跑、有些往那邊跑，全都忙得不可開交，不知道該先做什麼才好。

接著她聽到獵人的號角和喊叫：「讓路！讓路給挪威公爵和他的妻子！」駕馬經過的，竟是她幫忙解除半個魔咒的俊美王子，旁邊是決定當天要跟王子成婚的女巫。

一看到這個情景，她覺得自己的心就要迸裂，時候到了，該要敲開一枚堅果了。於是她敲開核桃，因為它是當中最大的一顆，有個神奇的小小女人從裡面出來，用最快的速度梳理羊毛。

女巫看到這個神奇東西，於是表示，不管女孩想要城堡裡的什麼東西，她都願意拿來交換。

「如果妳可以將妳和公爵的婚禮延後一天，今天晚上讓我進他房間守夜，」女孩說，「這個就送妳。」

就像所有的巫婆，這新娘希望不管什麼都照自己的意思走，她確定自己的新郎安全無虞，於是同意這個條件。但公爵就寢以前，她親手奉上了香料奶酒給他，經過調製，喝了會一覺到天亮。

雖然女孩獲准單獨留在公爵的寢室，雖然她整晚又是嘆息又是吟唱：

「我跋涉好遠尋覓你，
我勞累多年為了你，
機緣將我帶到你面前，
親愛的挪威公爵，
你竟對我不發一語？」

但公爵一直沒醒來，繼續沉睡下去。白日到來，女孩不得不離開，他一直不知道她來過這裡。

又一次，她的心就要迸裂，感覺即將裂開，於是她敲開了大栗，因為那是當中第二大顆的。裡頭跑出了一個奇妙的小小女人，以最快的速度紡著紗。巫婆公主看到這個神奇東西，再一次延後自己的婚禮，好將這個東西弄到手。女孩在公爵寢室又過了一整晚，邊嘆息邊詠唱：

「我跋涉好遠尋覓你，
我勞累多年為了你，
機緣將我帶到你面前，
親愛的挪威公爵，
你竟對我不發一語？」

但是公爵睡前喝了巫婆新娘親手奉上的助眠劑，動也不動。黎明到來，女孩不得不離開，他根本不知道她來過這裡。

女孩的心就要迸裂，於是她敲開最後一枚堅果——那個榛果，裡頭蹦出一個小得不得了的女人，正用最快的速度捲著紗線。

這個神奇景象逗得巫婆新娘樂不可支，為了得到這個東西，她再次同意延後婚禮一天，讓女孩到公爵寢室裡守夜。

公爵那天早上在更衣的時候，湊巧聽到年輕男僕們聊起夜裡聽到的奇怪嘆息和歌聲。他對忠誠的貼身老僕從說：「那些男僕在說什麼？」

老僕從向來討厭那個巫婆新娘，便說：

「如果主人今晚別喝助眠劑，或許就會聽到，連著兩夜都讓我無法成眠的聲音。」

聞此，公爵覺得非常驚奇，女巫新娘將睡前奶酒端來給他時，他推說不夠甜。她為了增加甜度去拿蜂蜜時，他趁機將奶酒倒掉，假裝自己已經飲盡。

於是那晚，當夜色降臨，女孩悄悄走進他的寢室，心情沉重，以為這是她最後一次見到他。公爵其實清醒得不得了。當她在他床畔坐下，開口唱了起來：

「我跋涉好遠尋覓你……」

他立刻認出她的聲音，將她一把擁入懷裡。

接著他告訴她，自己如何受到巫婆的控制，遺忘了一切，但現在他全都想起來了，魔咒已經永遠打破。

這場婚宴轉為他倆的婚事所用，巫婆新娘眼見自己失去了魔力，迅速逃離這個國家，從此下落不明。

豆知識

英國類似的故事有《挪威的紅牛》（*The Red Bull of Norroway*）、《挪威的棕熊》（*The Brown Bear of Norroway*）。

故事結尾的「交換守夜」情節安排，在某一版的《無無無》也出現過。

學者研究指出，被下咒變成公牛丈夫這個情節，很可能是源自愛爾蘭或英國。

〈妖獸〉

〈三隻熊的故事〉

〈貓皮〉

〈狄克・惠廷頓和他的貓〉

〈狄克・惠廷頓和他的貓〉

〈井裡的三顆腦袋〉

〈破外套〉

〈傑克與魔豆〉

〈巨人殺手傑克〉

〈巨人殺手傑克〉

〈巨人殺手傑克〉

〈維尼格先生與維尼格太太〉

〈維尼格先生與維尼格太太〉

〈燈心草帽〉

〈魚和戒指〉

〈兩姊妹〉

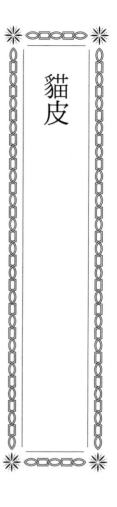

貓皮

從前從前，有個紳士坐擁肥沃的土地和許多房產，非常希望有個兒子來繼承。當妻子生了個女兒給他，雖然小女孩非常可愛，但他一點都不在乎，並且說：

「永遠別讓我看到她的臉。」

於是她逐漸長成了漂亮的姑娘，雖然父親一直不曾正眼看她，直到她長到十五歲，到了可以婚嫁的年紀。

她父親粗聲粗氣說：「嫁給頭一個找上門來的就好。」消息傳出去以後，第一個上門來的卻是個討人厭的可怕老傢伙！她不知道該怎麼辦，於是去找飼養家禽的婦人，請她給點建議。

家禽婦說：「妳跟他們說，除非給妳一件銀布做成的衣袍，否則妳不會接受他。」他們給了她一件銀布做成的衣袍，但她還是不願意接受他。

她又去找家禽婦，家禽婦說：「妳跟他們說，除非給妳一件金箔做成衣袍，否則妳不會接受他。」他們給了她一件金箔衣袍，但她依然不願意接受那個老男人。

再去找家禽婦，她說：「妳跟他們說，除非給妳一件天空中所有鳥類羽毛做成的衣袍，否則妳不會接受他。」於是他們派出一個男人，男人帶著大批豆子，對空中所有的鳥兒喊道：「每隻鳥各拿一顆豆子走，留下一根羽毛。」於是每隻鳥各取了一顆豆子，留下一根羽毛。他們將所有的羽毛收集起來，做成了衣袍，送給了她，但是她依然不願接受那個討厭的可怕老男人。

她再次請教家禽婦如何是好，家禽婦說：「妳跟他們說，必須替妳做件貓皮衣袍。」他們便替她做了件貓皮衣袍，她穿了上去，然後將其他幾件衣袍捆成包袱，趁著夜色，帶著那些衣服溜進樹林裡。

她往前走啊走，走啊走，到了樹林盡頭，看到一座精美的城堡。接著她將華麗的禮服藏在清澈如水晶的瀑布旁邊，再走到城堡大門那裡找工作。城堡女主人看到她便說：「抱歉我沒有更好的職位給妳，可是如果妳想要，可以當我們的洗碗佣人。」於是她進了廚房，因為她身上穿的衣袍，大家都叫她「貓皮」。但廚子對她很殘忍，讓她日子很難熬。

不久之後，城堡的年輕貴族回到家，為了慶祝這個場合，即將舉行一場盛大舞會。僕人談起這件事的時候，「哎呀，廚子太太，」貓皮說，「我真想去！」

「什麼！妳這骯髒無恥的賤女人，」廚子說，「妳一身髒兮兮的貓皮衣，竟想混進那些優雅的王公貴族裡？妳那個樣子能看嗎！」語畢，捧起一盆水，潑向貓皮的臉。貓皮只是甩了甩耳朵，什麼也沒說。

舉行舞會的日子到了，貓皮悄悄走出屋外，進入森林邊緣，就是她藏起禮服的地方。在清澈的瀑布裡洗過澡之後，換上銀布做成的衣袍，然後匆匆趕往舞會。她才走進宴會廳，眾人便為她的美貌和優雅所傾倒，那位年輕貴族的心立刻獻給了她。他邀請她成為第一支舞的舞伴，一整個晚上只肯與她共舞。

分別的時刻到了，年輕貴族說：「請告訴我，美麗的姑娘，妳住哪裡呢？」

但貓皮只是行了個禮並說：

「好心的先生，如果我非得說實話，

我就住在『水盆』那個標誌那裡。」

接著她飛奔離開城堡，再次披上貓皮，在廚子不知情的狀況下，悄悄溜進洗碗房。

隔日，年輕貴族四處搜尋「水盆」那個標誌，但怎麼都找不到。於是他去找母親，也就是城堡女主人，宣布說除了那位銀色洋裝的仕女，他不願意跟其他人結婚；在找到她以前，他永遠無法放心。於是很快又安排了一場舞會，期盼那位美麗女子會再出現。

貓皮對廚子說：「噢，我真想去！」一聽到這番話，廚子暴跳如雷，放聲尖叫：「什麼！妳這骯髒無恥的賤女人，站在王公貴族當中，妳那個樣子能看嗎！」說完便抄起木杓，往貓皮背上猛揮，力道大得木杓都斷了。但貓皮只是甩甩耳朵，拔腿跑進森林。她先洗了澡，然後換上金箔禮服，出發前往宴會廳。

她一走進去，眾人的目光都聚焦在她身上。年輕貴族立刻認出她就是「水盆」女士，邀她共跳頭一支舞，一直到最後一支舞，都不曾離開她身邊。散場的時候到了，他再次問她住哪裡。但她只說：

「好心的先生，如果我非得說實話，
我就住在『斷杓』那個標誌那裡。」
語畢，便行個禮，從舞會飛奔而去，褪下黃金禮服，披上貓皮，在廚子不知情的狀況下，走進洗衣房。
翌日，年輕貴族不管到哪裡都找不到「斷杓」這個標誌，他哀求母親再舉行一場盛大舞會，好讓他再見到那位美麗姑娘。
貓皮對廚子說：「噢，我真想去參加舞會！」聞此，廚子嚷嚷：「妳那個樣子能看嗎?!」拿漏杓往她腦袋一打，力道大到漏杓都斷了。但貓皮只是甩甩耳朵，走進森林，在清澈的泉水洗浴過後，換上了羽毛禮服，出發前往宴會廳。
她走進去的時候，人人對這樣美麗的臉龐與體態為之驚艷，那身禮服如此華美與罕見，但年輕貴族立刻認出他美麗的心上人，整晚只肯與她共舞。舞會即將結束的時候，他催促她說出自己所住的地方，但她只肯回答：
「好心的先生，如果我非得說實話，
我就住在『斷漏杓』那個標誌那裡。」

語畢，她行了個禮，離開前往森林。但這一次年輕貴族跟在後頭，看著她從精緻的羽毛禮服換成了貓皮洋裝，便知道她是家裡的洗碗女傭。

隔天他去找母親，告訴她，他想娶洗碗女傭貓皮為妻。

「絕對不行，」城堡的女主人說：「只要我活著的一天就不行。」

年輕貴族悲痛難抑，躺在床上生了重病。醫生試著治療他，但藥物除非由貓皮親手端來，否則他不肯服用。最後醫生只好去找他母親，說要是她不同意兒子與貓皮成親，兒子必死無疑。於是她召喚貓皮過來。貓皮去見女主人前，先換上金箔禮服。女主人當然立刻心服口服，萬分樂意讓兒子跟這麼美的姑娘結婚。

於是兩人結了婚。不久之後，他們生了個兒子，兒子長成了一個優秀的小伙子。有一天，他當時四歲左右，一個女乞丐來到門前，貓皮夫人拿了點錢給小少爺，要他拿去救濟那個女乞丐。他走過去將錢放進女乞丐的幼子手裡，那孩子往前傾身，吻了吻小少爺。

邪惡的老廚子（她一直沒被革職，因為貓皮心地太好）正在一旁看著，說：「看看！乞丐的小孩彼此喜歡！」

這番侮辱深深傷害了貓皮：她去找年輕貴族，也就是她丈夫，跟他說起自己的父親，懇求他去查查她父母的近況。於是兩人乘著貴族的華麗馬車，穿過森林，最後來到

貓皮父親的宅邸。他們在附近的客棧下榻，貓皮先在那裡待著，由丈夫去看她父親是否願意認她這個女兒。

她父親後來一直沒有其他孩子，而且妻子已經過世。他孤零零一人在世上，成天愁雲慘霧坐著。年輕貴族走進屋裡的時候，他幾乎頭也不抬，因為整個人陷入悲慘。貓皮的丈夫拉了張椅子到他附近坐下，問他說：「先生，你以前是不是有個小女兒，你一直不願意正眼看她，也不願承認她？」

那個悲慘的男人眼中含淚說：「確實，我是個心腸很硬的罪人。如果死前能再見她一面，我願意奉上俗世裡的所有財產。」

接著年輕貴族告訴他貓皮這些年來的遭遇，然後帶他到客棧去。之後，帶著岳父回到自己的城堡，一家人從此在那裡過著幸福快樂的生活。

§ 豆知識

在考克斯收集的灰姑娘變體故事中，就包含了七十三種《貓皮》變體故事。類似故事包括《小貓皮》（*Little Catskin*）、《燈心草帽》、《驢皮公主》（*Donkey Skin*）、《千皮獸》（*Allerleirauh*）、《破外套》等。

《貓皮，或神奇淑女》（*Catskin, or the Wandering Gentlewomen*）現存的英文版只有兩本民謠小冊子。

三隻小豬

從前從前有頭老母豬，膝下有三隻小豬。家裡的東西不夠吃，於是她要孩子們到外頭闖闖，看看能不能找到出路。

年紀最長的那隻豬先出發，他沿著馬路快走的時候，碰到了扛著一捆乾草的男人，於是非常客氣地說：

「如果可以的話，先生，那些乾草能不能給我拿來造房子？」

男人看到這小豬這麼有禮貌，於是將乾草給了他。小豬開始動工，用乾草造了間漂亮的屋子。

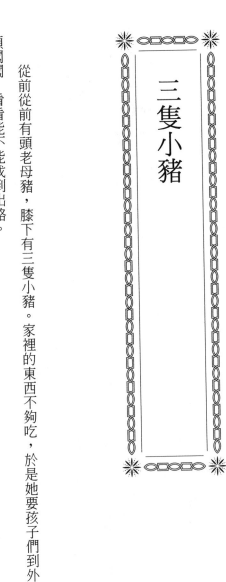

屋子完成以後，野狼湊巧路過，看到那間房子，聞出裡頭有小豬。

於是他敲敲門並說：

「小豬！小豬！讓我進去！讓我進去！」

但小豬從鑰匙孔看到狼的大腳掌，於是回話：

「不！不！不！我以下巴的鬍鬚發誓，絕對不讓你進來！」

接著野狼露出利齒並說：

「那我就要用力吸氣吐氣，吹倒你的房子。」

於是他吸氣吐氣，吹倒那間房子。吃掉小豬之後再次上路。

下一隻小豬才剛起步，就碰上扛著一捆樹枝的男人，小豬彬彬有禮對他說：

「如果可以的話，先生，那些樹枝能不能給我拿來造房子？」

男人看這小豬很有禮貌，便將樹枝送給他。小豬開始著手替自己造了間美麗房子。

房子完成以後，野狼恰好路過，看到那間房子，聞到裡頭有小豬。

於是他敲敲門並說：

「小豬！小豬！讓我進去！讓我進去！」

但小豬從鑰匙孔看到野狼的大耳朵，於是回話：

「不！不！不！我以下巴的鬍鬚發誓，絕對不讓你進來！」

於是野狼露出尖牙並說：

「那我就要用力吸氣吐氣，吹倒你的房子！」

於是他吸氣吐氣，吹倒那間房子。吃掉小豬之後再

次上路。

第三隻小豬才剛啟程，就碰上扛著一堆磚塊的男人，他非常客氣地說：

「如果可以的話，先生，那些磚塊能不能給我拿來造房子？」

男人看到小豬很有教養，於是將磚塊送給他。小豬開始動工，替自己造了間美麗的房子。

房子完成以後，野狼湊巧路過，看到那間房子，聞到裡頭有小豬。

於是他敲敲門並說：

「小豬！小豬！讓我進去！讓我進去！」

但小豬透過鑰匙孔看到野狼的大眼睛，於是回答：

「不！不！不！不！我以下巴的鬍鬚發誓，絕對不讓你進來！」

「那我就要用力吸氣吐氣，吹倒你的房子！」野狼說，露出尖牙。

他吸氣吐氣，吸氣吐氣，吸氣吐氣，但怎麼就是吹不倒那間房子。

最後，野狼上氣不接下氣，再也無法吸氣吐氣。於是他思考了一下。

接著他說：

「小豬！我知道哪裡有一片不錯的蕪菁田。」

「是嗎？」小豬說，「在哪裡呢？」

「我帶你去，」野狼說，「你明天清晨六點準備好，我到時來找你，我們可以一起去農夫史密斯的田，採些蕪菁當晚餐。」

「非常謝謝，」小豬說，「我六點整會準備好。」

可是，小豬才不會輕易上當呢。他早早五點就起床，快步走到農夫史密斯的田，挖起蕪菁，帶回家準備當早餐。這時野狼敲著屋門並嚷嚷：

「小豬！小豬！你還沒準備好嗎？」

「準備好？」小豬說，「欸！你真是個懶鬼！我早就去過那片田又回來了，等會兒就要吃一鍋美味的蕪菁當早餐。」

野狼氣得滿臉通紅，但他決心要吃到那隻小豬，於是裝作不以為意，並說：

「很高興你喜歡，可是我知道有個東西比蕪菁還棒。」

「是嗎？」小豬說，「會是什麼呢？」

「歡樂果園那裡有棵不錯的蘋果樹，上頭長了最多汁最甜美的蘋果！如果你明天早上五點就準備好，我會過來找你，我們可以一起去摘蘋果。」

「非常謝謝你，」小豬說，「我五點整就會準備好。」

隔天，他一清早就起床，出發去摘蘋果的時候都還不到四點。可是，野狼被騙過一回，所以也趕早在四點啟程。小豬才摘了半籃蘋果，就看到野狼舔著嘴，從馬路上走來。

「哈囉！」野狼說，「你已經來啦！你起得真早！蘋果好吃嗎？」

「很好吃，」小豬說，「我丟一個給你試試。」

他丟得如此之遠，野狼不得不跑去撿，小豬趁機跳下來，提著籃子衝回家。

野狼怒不可遏，但他隔天又去小豬家，透過屋門用溫和的語氣喊道：

「小豬！小豬！你真聰明，我想送個禮給你。如果你今天下午跟我一起上市集，你就能拿到禮物。」

「非常謝謝，」小豬說，「幾點出發呢？」

「三點整，」野狼說，「到時一定要準備好喔。」

「我三點以前就會準備好。」小豬竊笑。確實如此！他一清早就出發到市集去，坐了遢鞦韆，玩得不亦樂乎，還替自己買了奶油製造器當禮物，三點以前早早離開，快步走回家。但是他才走到山丘頂端，就看到野狼氣喘吁吁爬上來，氣得面紅耳赤！

除了奶油製造器，沒地方可躲，於是小豬爬了進去，拉下蓋子，這時開始滾下斜坡——

砰咚嚨，砰咚嚨，砰咚！

躲在製造器裡的小豬當然痛得尖聲大叫，野狼聽到那個噪音，看到奶油製造器滾了過來，就要砸到自己——

砰咚嚨，砰咚嚨，砰咚！

野狼嚇得轉身拔腿就逃。但他依然決心要拿小豬當晚餐，於是隔天又到小豬的房子去，告訴小豬他很遺憾，昨天沒能遵守諾言到市集去，因為有個令人喪膽的東西發出恐怖的噪音，朝他衝了過來。

「天啊！」小豬說，「那一定是我！我看到你走過來，趕緊躲進奶油製造器，然後它就滾了起來！抱歉我嚇壞你了！」

這真是太過分了。野狼氣憤地跳來跳去，發誓要從煙囪爬下去，吃了小豬當晚餐。但他爬到屋頂上的時候，小豬已經生起熊熊烈火，在火上放了一大鍋的水燒滾。野狼從煙囪爬下來的時候，小豬掀開了鍋蓋，噗通！野狼掉進了滾燙的水裡。

小豬再次掩上鍋蓋，煮熟野狼，吃了他當晚餐。

豆知識

在某些版本中，前兩隻小豬並沒有被吃掉，而是逃到第三隻小豬家避難。這個故事運用了文學寫作技巧中的「三個法則」，利用三個事件或人物，達到遞進或對比的效果。

這個故事和格林童話中的《狼與七隻小羊》（*Wolf and Seven Little Goats*）有許多相似處。義大利也有相似的童話故事情節，名為《三隻小鵝》（*The Three Goslings*）。

無無無

從前從前有個國王和王后，他們跟有史以來的其他國王王后沒有什麼不同。可是他們因為膝下遲遲沒有孩子而覺得非常悲傷。國王湊巧必須到遙遠的國家出戰，有好幾個月都不在國內。看哪！他在外征戰的時候，王后終於替他生了個兒子。你可以想像她有多麼歡喜，心想國王回到家的時候，發現自己最深的願望已經實現，該有多麼高興。所有的朝臣也都非常欣喜，立刻開始為了小王子籌辦盛大的命名儀式。但王后說：「不！在等他父親命名以前，這孩子不會有名字。在那之前，我們先叫他『無！無！無！』因為他父親對他一無所知！」

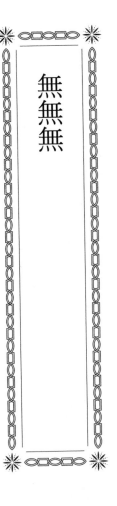

於是小王子無無無長成了健壯快活的小伙子，他父王長年沒有返國，甚至不知道自己有個兒子。

國王終於準備返國了。在途中，他來到一條水流湍急的大河，他和軍隊都跨不過去，因為現在正是洪水期，水裡滿是危險的漩渦，住在裡頭的水妖和水鬼隨時準備要把人溺斃。

他們無法前進，最後有個大巨人現身，他有能力制住河流、漩渦和一切。巨人好心地說：「如果你們想要，我可以帶你們渡河。」雖然巨人面帶笑容、謙恭有禮，但國王很清楚巨人的作風，覺得先談定協議比較明智。於是國王言簡意賅說：「你要什麼當作報酬？」

「報酬？」巨人咧嘴笑著覆述，「你把我當什麼了？給我無無無[8]，我會帶著一顆樂意的心幫這個忙。」

---

8 Give me Nix naught nothing 直譯為「給我無無無」，這也是巨人的本意，但巨人知道國王會以為是「什麼都不必給我」的意思。nix、naught、nothing 這三個字同樣意思，都是「無」。巨人用文字遊戲騙過了國王。

國王對巨人的慷慨大方覺得有點羞愧，於是說：「當然，當然，那我什麼都不給，只是送上我衷心的感謝。」

於是巨人帶著大家安全渡過了大河，越過了漩渦。國王匆匆趕回家。如果國王看到他親愛的妻子，會很高興，那麼你可以想像，當她將健壯的兒子（以年紀來說，可說高大健壯）帶到國王面前，國王該有多雀躍。

「你叫什麼名字啊？小少爺？」他問緊緊擁在懷裡的孩子。

「無無無，」男孩回答，「大家都這樣叫我，我要等父親替我取名。」

國王大驚失色，差點鬆手讓孩子跌落。「我做了什麼好事？」國王喊道，「巨人帶我們越過水妖和水鬼住的漩渦，我答應要把無無無給他。」

聞此，王后痛哭流涕，但身為一個聰明的女人，她想到了個拯救兒子的計畫。她對夫君說：「如果巨人要你實現承諾，我們就把家禽婦的幺子交給他。她家裡小孩那麼多，如果我們付她五先令，她應該不會介意。巨人永遠看不出差別。」

隔天早上，巨人現身要帶走無無無。他們讓家禽婦的兒子穿上王子的服飾，巨人心滿意足將戰利品扛在背上帶走的時候，他們放聲大哭。過了不久，巨人來到一塊大石那裡，坐下來放鬆肩膀。他打起瞌睡。醒來的時候一時驚慌，放聲嚷嚷：

「莊稼人啊莊稼人，在我肩膀上！
現在是什麼時間？」

家禽婦的么兒回答：

「是我媽媽家禽婦撿雞蛋的時間
要拿去做煎餅當睿智王后的早餐！」

巨人立刻知道自己被耍了一道，一把將家禽婦的兒子拋到地上，男孩的腦袋撞上石頭，一命嗚呼。

接著，巨人大步走回宮殿，火冒三丈，要求他們交出無無無。這一次他們將園丁的兒子打扮好，淚流滿面，巨人心滿意足扛著戰利品離開。同樣狀況又發生了。巨人負重累了，坐在大石上休息。他打起瞌睡，醒來的時候驚慌地喊道：

「莊稼人啊莊稼人，在我肩膀上！
現在是什麼時間？」

園丁的兒子回答：

「是我爸爸園丁摘青菜的時間要拿去煮睿智王后的晚餐！」

於是巨人立刻明白，他又被騙了，氣得簡直要發瘋。他將男孩從身上拋下，一摔斃命，然後大步走回宮殿。他怒髮衝冠，大聲嚷嚷：「照你承諾的，把無無無交出來，要不然我把你們全都殺了，一個也不留。」

於是他們明白，他們不得不放棄親愛的小王子，這一次巨人在背上扛走男孩時，他們真心失聲痛哭。這一次，巨人在大石上休息過後，醒過來喊道：

「莊稼人啊莊稼人，在我肩膀上！現在是什麼時間？」

小王子回答：

「是我父王下令『宴會廳上菜』的時間。」

巨人暢快地放聲大笑，搓搓雙手並說：「對的那個終於到手了。」於是他帶著無無無回到漩渦底下的家。其實他是個法術高強的魔法師，可以自由變換外型。他之所以那麼急著要小王子，是因為他失去了妻子，家裡只有一個小女兒，而小女兒很需要玩伴。

於是無無無和魔法師的女兒一起長大，隨著每年過去，他們的感情越來越好，最後她承諾要與他結為連理。

魔法師不肯讓女兒嫁給平凡的人類王子，他過去吞下肚的人類王子少說有上千個，於是他想方設法，想要不著痕跡地除掉無無無。於是有天他說：「我有個任務給你，無無無！附近有一座七英里長、七英里寬的馬廄，已經七年沒有清掃過。你在明天傍晚以前要清乾淨，不然我就把你當作晚餐吃了。」

黎明之前，無無無就開始埋頭工作，以最快的速度清掉糞肥，但很快又落下來。到了早餐時間，他已經汗流浹背，但距離任務完成還遙遙無期。魔法師的女兒端早餐來給他，發現他心亂如麻、忐忑不安，幾乎說不出話來。

「我們很快就能解決這個難題。」她說。她只是拍拍手並呼喚：

「飛禽走獸，

憑著對我的愛將這座馬廄掃淨。」

看哪，一分鐘內，田野裡的走獸列隊前來，天空因為布滿鳥類羽翼而昏暗，牠們合力將糞肥帶走，馬廄在傍晚之前，變得潔淨無比。

魔法師看到這個情形，火冒三丈，猜想是女兒施法行了這個奇蹟。於是他說：「幫忙你的人真可恥，但我明天有個更困難的工作要給你。那邊有一座七英里長、七英里寬、七英里深的湖泊。夜幕低垂以前把水抽乾，一滴也不能剩，要不然我就拿你當晚餐。」

無無無再次黎明前就起床，開始動工。雖然他馬不停蹄用桶子撈出湖水，但湖水總是再次填滿。他汗流浹背、奮力不懈，到了早餐時間，距離抽乾湖泊的目標卻沒有更近分毫。

魔法師的女兒端著他的早餐過來，只是哈哈笑著說：「這個我一下就能處理好！」接著拍拍手並呼喚：

「噢！河流和大海的魚兒，

「憑著對我的愛將這裡的水飲盡！」

看哪！這座湖湧進密密麻麻的魚。牠們喝了又喝，直到一滴也不剩。

魔術師早上回來，看到這個情景，勃然大怒。他知道是女兒施下的魔法，於是說：「幫忙你的人真是雙重可恥！但這對你沒好處，因為我會給你一個比上次更難的任務。如果你辦得到，就可以擁有我女兒。那邊有棵樹，高有七英里，到樹頂之前沿路都沒有樹枝。樹頂的杈枝那裡有個鳥巢，裡頭有些蛋。把那些蛋帶下來，一個也不准弄破，要不然我肯定把你抓來當晚餐。」

魔法師的女兒非常傷心，因為即使她擁有法力，怎麼也想不到如何替戀人將蛋拿下來，一顆也不弄破。她陪無無無坐在樹下，絞盡腦汁想了又想，最後她靈光一閃，雙手一拍，叫道：

「我的手指，憑著對我的愛，

幫忙我的真愛爬上樹。」

然後她的手指從一根根從手上掉下來，就像階梯一樣，沿著樹幹由下往上排，但數量還不足以抵達樹頂，於是她再次呼喊：

「噢，我的腳趾，憑著對我的愛，
幫忙我的真愛爬上樹。」

然後她的腳趾開始一根根掉下來，像階梯一樣沿著樹幹往上排。一腳的趾頭成為階梯以後，已經搭出夠高的階梯。於是無無無爬上去，到鳥巢那裡，拿到了那七顆蛋。他拿著最後一顆蛋下來的時候，因為完成任務而喜出望外，轉身去看魔法師的女兒是不是也同樣歡喜：哎呀！第七顆蛋從他手中滑出來，掉了下去。

啪噠！

「快！快！」魔法師的女兒喊道——你陸續會看到，她總是保持警覺、隨機應變——「現在沒辦法了，只能立刻逃走。可是首先我得拿到我的魔法瓶，要不然我使不上力。瓶子在我房間，門鎖著。我沒了手指，把你的手指伸進我口袋，拿鑰匙將鎖打開，拿走瓶子，然後快快跟上來。我動作會比你慢，因為我一邊的腳沒了趾頭！」

無無無聽話照做，很快就趕上魔法師女兒的腳步。但是無奈！他們沒辦法逃得很快。魔法師再次變身成巨人，以便加長步伐，不久便從後頭追上來，越逼越近，最後就快抓到無無無。這時，魔法師女兒喊道：「我沒了手指，把你的手指伸進我的髮間，拔起我的插梳，丟到地上。」無無無照著指令做，看哪！刺人的荊棘從每根梳齒冒出來，長得如此之快，魔法師發現自己轉眼被困在滿是刺的樹籬裡！等他好不容易掙脫，身上滿是刮傷，你可以猜到他有多麼憤怒。於是無無無和心上人有時間拉開距離。但魔法師女兒沒辦法跑太快，因為失去了一腳的趾頭！化身為巨人的魔法師轉眼追了上來，正要逮住無無無時，魔法師女兒喊道：「我沒了手指，把你的手指伸到我胸口，抽出我的匕首，扔到地上。」

他遵照指令行事，轉眼間，那把匕首化為了千千萬萬片的尖銳剃刀，在地上縱橫交錯。魔法師巨人踩了上去，痛得呼天喊地。你可以猜到，他如何又跳又跌，彷彿踩在蛋上走路似的，花了好久時間才走完那段路！

無無無和他的心上人幾乎快逃出視線範圍時，巨人才有辦法再次起步，但不久又快追上他們，因為魔法師女兒失去了一腳的趾頭，跑也跑不快！她用盡一切辦法，但只是徒勞。就在巨人即將伸手揪住無無無時，她上氣不接下氣喊道：

「除了魔法瓶，沒別的辦法了。拿出瓶子，灑一點在地上。」

無無無聽話照做，但一時匆忙，險些把整瓶倒光。洶湧大浪立刻湧了上來，將他沖倒，要不是因為魔法師女兒用鬆開的面紗鉤住他，緊緊拉住，他老早被浪濤捲走了。但是他們背後的海浪越升越高，最後到了巨人的腰。海浪越漲越高，到了巨人的肩膀。海浪越竄越高，淹過了巨人的腦袋。超級巨浪裡滿是小魚、螃蟹、海螺和千奇百怪的生物。

魔法師巨人的生命在此終結。但可憐嬌小的魔法師女兒體力透支，一陣子之後，連一步也走不動。她對戀人說：「遠處那裡有燈火，過去看看能不能找到下榻的地方。為了安全，我先爬到水池邊的樹上待著。等你回來的時候，我應該就恢復體力了。」

他們看到的燈火，湊巧是無無無的雙親，也就是國王和王后所住城堡的燈火（不過，他當然不知情）。他走向城堡的時候，先抵達家禽婦的小屋，請求借宿一夜。

「你是誰？」家禽婦起疑地說。

「我是無無無。」青年回答。

家禽婦依然為了被殺的兒子悲痛，立刻決心復仇。

「你看起來很累，我沒辦法讓你借宿一晚，」她說，「但可以給你牛奶喝。然後你可以到城堡去，求他們給你地方睡。」

於是她給了無無無一杯牛奶，但身為能施巫術的女人，她悄悄在裡頭添了藥劑，這樣他一見到父母就會陷入沉睡，而且沒人能夠喚醒他。這樣他對任何人來說都毫無用處，也無法跟父母相認。

國王和王后對於失去兒子的哀痛不曾平息，總是善待浪跡天涯的青年。當他們聽說有個青年正在求宿，便下樓到大廳去見他。看啊！無無無一見到父母，立即倒在地上陷入沉睡，沒人叫得醒他！他沒認出父母，他們也沒認出他。

但是無無無王子長成了十分俊美的青年，他們無比同情他，想盡一切辦法都喚不醒他，國王說：「姑娘們看到他這麼英俊，會願意花比較多精神來叫醒他。」國王下達詔令，如果國境內有任何姑娘能夠喚醒這個年輕人，就可以與他結為連理，也會獲賜一筆豐厚的嫁妝。」

這份詔令傳遍了國境，境內所有美麗的姑娘都前來試試運氣，但遲遲無人成功。

兒子當初被巨人殺害的那個園丁，家裡另有一個奇醜無比的女兒——醜到連她自己都覺得試運氣只是白費功夫，於是照常忙著自己的工作。她提著桶子到池邊挑水，魔法師的女兒依然躲在樹上等待戀人回來。園丁的醜女兒湊巧向池子彎身要撈水，看到水裡有個美麗的倒影，以為是自己！

「如果我有這麼漂亮，」她嚷嚷，「那我就不要再挑水了！」

她拋下水桶，直接到城堡去，看看自己是否有機會喚醒那個俊帥的青年並得到豐厚的嫁妝。但她當然毫無機會，但是一看到無無無，她立刻深深墜入愛河。她知道家禽婦懂得巫術，於是直接上門找她，表示願意用全部的儲蓄，換得可以喚醒沉睡王子的符咒。

家禽婦聽到她的故事，覺得讓國王和王后失散多年的兒子，跟園丁的醜女兒結婚，這樣的報仇手段千載難逢，於是二話不說，收下女孩的儲蓄，給她一個咒語，不只可以用來破除王子原本的魔咒，更可以隨自己高興再向他施咒。

園丁的女兒回到城堡，她一唱咒語，無無無便甦醒過來。

「我要嫁給你，萬人迷。」她用哄勸的口吻說。但無無無說他寧可睡覺。於是她認為，在婚宴籌備完畢、張羅好錦衣華服以前，先讓他再睡著會更明智，於是又施咒讓他入睡了。

現在，園丁當然得自己去挑水，因為他女兒不肯工作。他提著桶子到池邊，也看到了魔法師女兒的倒影，但他並未誤以為那是自己的臉，因為他可是留了一臉鬍子！

他頭一抬，看到了樹上的淑女。

她這個可憐的東西，因為憂傷、飢餓和疲憊，整個人奄奄一息。園丁心地善良，帶她回自己家，給她東西吃。他告訴這個女子，今天他女兒要在城堡跟一個英俊的陌生青年結婚，國王和王后還會送她一筆豐厚的嫁妝，作為對他們兒子無無無的紀念，他小時候被一個巨人帶走了。

魔法師女兒確定她戀人一定出了事，於是到城堡去，發現他正在椅子上沉沉睡著。但她喚不醒他，因為是這樣的，無無無倒光了魔法瓶以後，她就失去了法力。她用無指的雙手輕拍他的手，邊哭邊唱：

「我因為愛你而清理馬廄，
吸乾湖水，攀上樹木，
你難道不能因為愛我而甦醒？」

那裡有個老僕人看到她淚流滿面，很同情她並說：「要嫁給這青年的女人再不久就會回來，為了婚禮而解除他的魔咒。妳先躲起來，聽她怎麼念咒。」

於是魔法師女兒躲起來，很快地，園丁女兒穿著細緻的婚紗走進來，唱起了她的咒語。但魔法師女兒沒等她唱完，無無無睜開眼睛的那一瞬間，魔法師女兒便從躲藏的地方衝出來，將沒有指頭的雙手放進他手裡。

於是無無無想起了一切。他想起城堡，想起自己的父母，想起魔法師的女兒，以及她為他付出的一切。

接著他抽出魔法瓶並說：「裡頭一定還有足夠的魔法可以修補妳的手。」確實，裡頭還剩十四滴魔液，十滴給手指，四滴給腳趾，但不夠給腳上的小趾頭，所以無法修復。之後，想當然耳，舉國為之歡騰，無無無王子和魔法師的女兒結為連理，從此過著幸福快樂的生活，雖然她其中一腳只有四根趾頭。至於家禽婦巫婆，她被活活燒死。園丁的女兒雖說拿回了自己的積蓄，但並不快樂，因為映在水裡的倒影又變醜了。

∞ 豆知識

這個故事的原型出自蘇格蘭童話。

其他有些類似的原型，包括希臘神話中的經典故事《傑森與美迪亞》（*Jason and Medea*）。美國版本的類似故事則是叫《羽翼女士》（*LADY FEATHERFLIGHT*）。有學者認為這個故事的核心出自莎士比亞的《暴風雨》（*Tempest*），法師的女兒愛上了俘虜，並幫助他度過重重難關。至於手指階梯，可以參考凱爾特神話中的《鳥類戰爭》（*The Battle of the Birds*）以及希臘神話中的阿爾戈英雄（Argonauts）事蹟。

維尼格先生與維尼格太太

維尼格先生與維尼格太太[9]是一對受人敬重的夫婦，以一個醃菜玻璃罐為家。那棟房子小雖小，但很舒適，非常明亮，家具只要沾了點灰塵，看起來就像地洞旁的土堆那麼明顯。維尼格先生用醃菜叉犁著自己的菜園，種植以後要醃漬的蔬菜。維尼格太太是個活力充沛、愛整潔的精明女人，她掃地、刷洗、除塵，刷洗、除塵、掃地，就為了讓這房子保持一塵不染。

9 Vinegar 在故事裡採音譯，這個字的意思是「醋」，而醋是醃菜的材料之一。

有一天，她對蜘蛛網發了頓脾氣，掃得太用力，結果砰！砰！掃帚柄直接穿透了玻璃，哐啷！哐啷！喀英里！喀啦！醃罐屋在她四周化為了碎碎片片。

她盡可能小心翼翼避開玻璃碎片，衝進了菜園。

「噢，維尼格，維尼格！」她嚷嚷，「我們徹底毀了，我們完蛋了！別理那些蔬菜！它們用不上了！如果沒有醃菜罐可以裝蔬菜，哪裡還需要醃菜？我把我們的家打碎了！」說完便痛哭起來。

但是維尼格先生的性格迥然不同，長得雖然矮小，但生性爽朗，凡事總看光明面。他說：「意外是在所難免的啊，親愛的！可是店家還有好醃菜罐，只要籌錢再買一個就得了。我們就到世界上看看能不能闖出什麼名堂吧。」

「可是家具怎麼辦？」維尼格太太啜泣。

「我會把房子的門帶在身邊，親愛的，」維尼格先生口吻堅決，「這樣就沒人能夠擅自開門了，是吧？」

維尼格太太看不大出這樣有什麼幫助，但是身為一個好妻子，她沒多說什麼。於是兩人出外去闖蕩，維尼格先生將門扛在背上，就像蝸牛扛著家一樣。

他們走了一整天，但是連一點小錢都沒賺到。夜幕降臨，兩人身處幽暗濃密的森林。維尼格太太雖是個聰明強壯的女人，但已經累垮，而且對野獸滿心恐懼，於是又痛哭起來，但維尼格先生依然興高采烈。

「親愛的，別自己嚇自己，」他說，「我會爬上樹，把門牢牢卡進樹杈上，讓妳睡得安全又舒服，就像在自己的床上。」

於是他爬上樹木，將屋門固定好。維尼格太太躺在上頭，因為累壞了而立刻熟睡，但她的重量使得門傾斜一邊。一陣子之後，維尼格先生怕她滑下來，自己坐在門的另一邊，靠自己的重量取得平衡，並且負責守夜。

午夜時分，維尼格先生也打起瞌睡，有一群盜匪為了瓜分贓物，恰好約在那棵樹下會合。他們說的話，維尼格先生聽得一清二楚。聽著這些匪徒為了遂行目的，犯下的種種可怕惡行。維尼格先生嚇得開始發抖。

「別晃來晃去！」維尼格太太喃喃，半睡半醒，「你會害我跌下床的。」

「我沒晃啊，親愛的，」維尼格先生抖著聲音，悄聲回話，「只是有風竄過樹林。」

雖然他總是表現得很爽朗，但內心其實不太勇敢，所以他繼續顫顫抖抖，抖抖顫顫。盜匪正要開始瓜分錢財的時候，他竟然把房門搖離了樹杈，直直往下墜——維尼格太太還在上頭睡覺——直接砸在盜匪的腦袋上！

你可以想像，盜匪以為天塌下來了，把雙腿擺動到最快做鳥獸散，將贓物丟在後頭。但維尼格先生攀住樹枝，免得自己跌落，在黑暗中嚇得不敢去看發生了什麼事，於是像隻大鳥一樣坐在樹上，直到黎明來到。

維尼格太太醒過來，揉揉眼睛，打哈欠並說：「我在哪裡？」

「在地上，親愛的。」維尼格先生回答，手腳並用爬下樹來。

他們將門抬起來，你想他們發現什麼了？

有個盜匪被壓得跟鬆餅一樣扁，還有四十枚金幣撒得到處是！

我的天！維尼格先生和太太高興得跳起來！

「好了，維尼格！」他們將那些金幣收攏起來之後，他的妻子說，「我跟你說我們要怎麼辦。你一定要到下一個有市集的城鎮去買頭牛，有錢能催馬兒走，但是錢也會長腳亂跑。可是，乳牛不會自己溜走，還能給我們牛奶和奶油，到時可以拿來賣。這樣我們下半輩子就高枕無憂嘍。」

「妳的腦袋真靈光，親愛的！」維尼格先生佩服地說，出發辦事去。

「要談個好生意喔。」妻子對著他的背影大喊。

「我一出手就是好生意，」維尼格先生喊回去，「我娶了這麼聰明的太太，就是一椿好生意。我把她從樹上搖下來，又是更上一層的好生意。我是世間最幸福的男人！」

於是他跋涉向前，呵呵笑著，將口袋裡的金幣把玩得叮噹響。

他在市集上看到的頭一樣東西，就是一頭老紅牛。

「我今天真是出運了，」他暗想，「那頭動物正適合我。如果我能買到那頭牛，我會是世間最快樂的男人。」他走到牛主人面前，將口袋裡的金幣弄得叮噹響。

「你這頭牛賣多少錢？」他問。

牛主人看他呆頭呆腦，便說：「你口袋裡全部的錢。」

「成交！」維尼格先生說，將四十枚金幣遞過去，牽走了那頭牛。他不顧牛的意願，在市集裡押著牠，大搖大擺來回走著，炫耀自己的買賣。

他得意洋洋，趕著牛四處走，注意到有個男人正在吹風笛。一群孩子亦步亦趨地跟著吹笛手，隨著音樂起舞。每次吹笛手只要拿著扁帽伸出手，銅板就如陣雨似的紛紛落下。

「呵！呵！」維尼格先生暗想，「比起趕著牛這樣一頭野獸來來去去，餵牛吃草、擠奶、做奶油，用那個方式賺錢過活更輕鬆！啊，如果那副風笛能拿到手，我會是世間最快樂的男人！」

於是他走向那個樂手並說：「你這風笛賣多少錢？」

「唔，」樂手回答，看他傻里傻氣，「這把樂器很精美，我靠它賺了不少錢，少說也要拿那頭紅牛來換。」

「成交！」維尼格先生急著嚷嚷，免得男人反悔。

於是樂手牽著紅牛離開，維尼格先生試著吹奏風笛。但是無奈的是，雖然他用力吹得肺都要爆開，卻一個音也發不出來，當他終於吹出聲音，卻尖銳又刺耳，可怕到孩子全都嚇得落荒而逃，人們紛紛摀住耳朵。

但他鍥而不捨，試著吹出曲調，但一毛也沒賺到，只招來噓聲和叫罵，最後手指因為天冷而幾乎凍僵，在風笛上發出的噪音當然也就更糟。

然後他注意到有個男人戴著一雙保暖手套，他自言自語，「手都凍僵了，還奢望什麼音樂。我想，如果有那雙手套，我會是世間最快樂的男人。」

於是他走到手套主人面前並說：「先生，你這雙手套好像很不錯。」男人回答，「確實，先生，在這種酷寒的十一月天，我的手暖得跟烤麵包似的。」

這番話讓維尼格先生下定決心，他立刻問手套主人要拿什麼他才願意割愛。手套主人看他木頭木腦，於是說：「你的手看來都凍僵了，先生，我就賣個人情給你，只要那副風笛就好。」

「成交！」維尼格先生高興地嚷嚷，做了交換。

然後他出發去找妻子，對自己相當滿意。「手暖了，心也跟著暖了！」他暗想，「我是世間最快樂的人！」

但他越走越累，最後腳跛了起來。然後他看到有個男人拄著一根堅實的木杖，沿著馬路走來。

「如果我有那根木杖，我會是世間最快樂的人，」他想，「如果腳痛，手暖又有什麼用？」於是他對那個帶著木杖的男人說：「你要什麼才願意割捨你的木杖？」男人看到他傻不隆咚，回答：

「唔，我不想跟我的木杖分開，可是既然你急著用，我就以朋友的身份幫你個忙，就跟你換手上那雙暖和的手套吧。」

「成交！」維尼格先生歡喜地喊道，然後倚著木杖吃力走開，因為談了個好交易而輕聲竊笑。

可是就在他往前走的時候，一隻喜鵲從籬笆振著翅膀飛出來，坐在他面前的樹枝上，發出咯咯呵呵的笑聲，就像一般喜鵲那樣。「你在笑什麼？」維尼格先生問。

「笑你啊！」喜鵲咯咯笑，又飛得更近一點，「在笑你，維尼格先生，你這個笨蛋——傻瓜——蠢蛋！你拿四十個金幣買了頭乳牛，那頭牛的價值還不到十個金幣，然後又拿乳牛換了自己根本不會吹奏的風笛，再拿風笛換了一雙手套，又拿那雙手套換了根可悲的木杖。呴、呴！哈、哈！除了一根可以在任何樹籬砍下的枝條，你的四十枚金幣換來的是一場空。啊，你這傻瓜！你這呆子！你這蠢蛋！」

喜鵲先是咯咯輕笑，後來粗聲狂笑，一面在樹枝之間飛來飛去。維尼格先生繼續往前跋涉，最後怒火中燒，將木杖丟向那隻小鳥。木杖卡在了樹上，他搆也搆不到，最後只好兩手空空回去找妻子。

但是他很高興那根木杖卡在樹上，因為維尼格太太的手勁已經夠大了。

被維尼格太太狠狠修理完之後，維尼格先生爽朗地說：「妳也太暴力了，親愛的。妳先把醃罐打破了，現在又差點打斷我身上的每根骨頭。我想咱們最好洗心革面、重新開始。我會去當個園丁，妳可以去當女傭，等我們攢夠了錢，就可以再買一個新醃罐。店裡頭還有同樣好的可以買。」

那就是維尼格先生和太太的故事。

豆知識

這個故事和格林童話中的《幸運的漢斯》（*Hans in Luck*）部分相似。

在某些版本中，維尼格先生會帶著門是因為有人告訴他要「小心門」，或是因為他遵守「擁有門的人就是屋子的主人」這條規則。而在某些版本中，維尼格太太非常滿意維尼格先生做的蠢交易。

拇指湯瑪斯爵士的真實故事[10]

眾所皆知，在偉大亞瑟王的時代，騎士個個英勇善戰，女士貌美如花。在亞瑟王的宮廷裡，最知名的人士之一就是巫師梅林；此前或此後，都無人能與他匹敵。他通曉關於巫術的一切，而他給的建言總是有益且出於善意。

有一回他在旅途上喬裝成乞丐，巧遇一位誠實的農人和他妻子，他們竭誠歡迎他，開開心心用木托盤端了一大木碗的新鮮牛奶，和全麥粗麵包來招待他。不過，雖然他們

10 湯姆是「湯瑪斯」的簡稱。

本人和居住的小木屋都乾淨整齊，梅林卻注意到，不管是丈夫或妻子似乎都不怎麼快樂。他探問原因，他們說是因為兩人膝下無子。

「要是有個兒子，即使不比我先生的拇指大，」可憐的女人說，「我們也會心滿意足。」

一個不比男人拇指大的男孩，巫師梅林覺得這個想法很有意思，隨即向夫婦倆承諾，等時機到了，這樣一個兒子自然就會出現，讓這對好夫婦心滿意足。語畢，他便即刻出發拜訪精靈女王，因為他覺得小仙人最可能實現他的承諾。不比父親拇指大的迷你人，這個異想天開的念頭也讓精靈女王興味盎然，立刻著手籌備。

看哪！農夫和妻子對著小不隆咚的寶寶，歡喜得有如國王王后，而且精靈女王急著想看看那個小傢伙，於是帶著適合這個迷你小子穿戴的服飾，從窗口飛進來，讓這對夫婦更為欣喜。

拿一片橡樹葉當帽子；
夾克以薊種子冠毛編織。

襯衫由蛛網紡成；
紅蘋果皮作為襪子
由母親眼上拔來的睫毛綁束。
鞋子用老鼠皮製成，
鋪有綿軟的皮毛。

這身裝扮讓他成為有史以來最漂亮的小傢伙，精靈王后一次次親吻他，賜給他「拇指湯姆」這個名字。

湯姆逐漸成長——雖然身體並未長大——調皮搗蛋，老愛闖禍。有一回母親正要打布丁麵糊，湯姆想看看麵糊怎麼調，沿著碗側爬了上去。母親專心打麵糊，沒留意他的動靜。他沒踩穩腳打滑，頭下腳上摔進麵糊。母親忙得不可開交，沒看到他跌了進去，繼續打個不停，直到麵糊滑順起來。最後將麵糊倒進烘焙布裡，放在火上煮滾。

麵糊灌滿了可憐湯姆的嘴，他喊不出聲，但不久就感覺水熱起來，於是開始死命掙扎，踢來踢去。布丁上下起伏，以奇怪的方式彈來彈去，農夫妻子以為布丁中邪了，大驚失色，連忙將它往門口扔去。

有個窮苦的流動銲鍋匠恰好路過，撿起來收進口袋。但到了這時，湯姆已經將嘴裡的麵糊清乾淨，開始大呼小叫，大吵大鬧，銲鍋匠比湯姆的母親更害怕，將布丁隨手丟在馬路上，用最快速度拔腿逃開。湯姆運氣不錯，第二次落地，綁住布丁的線就斷開，讓他能夠爬出去。他走路回家，身上沾滿半熟的麵糊，母親看到她的小寶貝這麼可憐的模樣，心揪成一團，於是將他放進盛了水的茶杯，好好清洗之後，送他上床休息。

另一次，湯姆的母親到牧草地上替紅乳牛擠奶，因為怕放著他一人不管，他又會惹事生非，於是隨身帶著他工作。風很大，母親擔心他會被吹走，於是用她的一根頭髮，將他綁在薊花頭上，然後開始擠奶。但是，就像所有的乳牛，紅牛在擠奶時東張西望，想找點事情做，這時瞥見湯姆頭上的橡樹葉帽，心想看來不錯，於是舌頭一捲，繞住薊莖，然後——

湯姆忙著閃躲乳牛的牙齒，扯著嗓門大吼：

「媽媽！媽媽！救命！救命！」

「天可憐見，」他母親嚷嚷，「這孩子現在又在搞什麼鬼？你在哪裡？你這個壞小子？」

「在這邊！」湯姆吼道，「在紅牛嘴裡！」他母親一聽便痛哭失聲，不知如何是好。湯姆聽見她在哭，又喊得更大聲。喉嚨那裡傳來的可怕噪音讓乳牛驚慌失措，於是張開嘴，湯姆掉了出來，幸運掉入母親的圍裙裡。要不然從那麼高的地方摔下去，肯定身受重傷。

會發生這類驚險萬分的事情，並不是湯姆的錯。長得小不隆咚，也不是他可以選擇的。但有一回闖出滔天大禍，就完全是他自己的錯了。這是事情的始末。他很喜歡跟大男孩們玩彈珠遊戲；他輸掉所有的彈珠時，就會悄悄爬進其他玩家的口袋或提袋，偷走一大堆的彈珠，以便繼續玩下去！

有一天，有個男孩恰好目擊湯姆先生抓著一把彈珠，從提袋裡爬出來，於是馬上將提袋的拉繩束緊。

「哈！哈！拇指湯瑪斯先生，」他用嘲弄的語氣說，「想偷我的彈珠是吧？哼！就給你多過你想要的。」語畢，就將彈珠袋使勁搖晃一番，彈珠撞得湯姆的身體雙腿嚴重淤傷，黑一塊青一塊。直到他保證永遠不再偷彈珠，才被放出去。

一年年過去，湯姆長成少年時，依然沒比拇指大。他父親認為他應該想辦法做點有用的事。於是用大麥乾草替他做了根鞭子，要他負責趕牛回家。但是湯姆試著要爬過田埂的時候——對他來說當然是陡峭的斜坡——滑了下去，仆倒在地，驚魂未甫，這時一隻大烏鴉恰好飛過，以為他是青蛙，便啣起來打算吃掉。不過，烏鴉直覺這東西不怎麼可口，半路將他扔在海邊一座大城堡的城垛上。城堡的主人是葛蘭柏——一個脾氣暴躁的巨人，正好來到塔樓屋頂上透氣。湯姆掉在巨人的禿頭上，巨人以為是隻放肆的蒼蠅伸手一抓，發現聞起來有人類的肉味，便像吞藥丸似的，一口嚥下這個小傢伙！

不過，巨人很快就後悔莫及，因為湯姆在他肚子裡踢來踢去、掙扎不休，就像在紅牛的喉嚨裡那樣，最後巨人覺得噁心想吐，最後站在城垛上，往大海嘔吐一番，終於擺脫了湯姆。

要不是因為有條大魚，以為他是隻蝦子，衝向他，一口將他吞下！拇指湯姆可能會溺水身亡，人生到此畫上句點。

運氣不錯的是，漁夫正拿著撈網站在附近，將魚穫拉進來的時候，那隻吞了湯姆的魚也在裡頭。這條好魚被送往宮廷廚房，放在流理台上，魚腹一剖開，湯姆跳了出來，活活潑潑，讓廚子和洗碗工驚愕極了！大家從沒見過這麼小的人，而他的如珠妙語和惡作劇，逗得整個食品室的工作人員哄堂大笑。不只如此，他很快就成了宮廷的寵兒，國王騎馬出門的時候，湯姆就坐在皇家的背心口袋裡，準備娛樂皇室成員和圓桌武士。

不過，過了一陣子之後，湯姆覺得疲乏，開始想再見見父母，於是國王批准他放假回家，帶得動多少錢就帶多少。湯姆選了一枚三便士硬幣，放在水泡做成的包包裡，勉強抬到背上，吃力地徒步走回父親的家，距離宮廷有半英里遠。

他花了兩天兩夜才走完那段路程，到家以前，背上的沉重負擔已經讓他筋疲力盡。不過，母親將他放進核桃殼裡，擺在火爐邊，給他一整顆榛果吃。遺憾的是，榛果讓他的身體極為不適。不過，等他多少恢復健康時，身子變得又瘦又輕，省了走路回宮廷的麻煩。母親將他綁在蒲公英絨毛球上，風很大，他就像長了翅膀似地遠走高飛。不過，遺憾的是，他為了著陸方便飛得很低，宮廷廚子——一個天性卑劣的傢伙，正端著一碗熱小麥粥越過宮廷庭院，要給國王當晚餐。湯姆對駕馭蒲公英的技法很陌生，於是直直騎進了那碗粥，半碗熱燙燙的粥濺了出來，潑在廚子臉上。

廚子暴跳如雷，直接去找亞瑟王告狀，說湯姆不改作怪習性，故意害他灑掉半碗粥。

國王最愛的餐點就是熱小麥粥，怒髮衝冠，下令以叛國罪來審判湯姆。湯姆被囚禁在老鼠籠，在那裡困居好幾天，受到貓咪百般折磨，貓咪以為他是新品種的老鼠，一直透過欄杆伸爪子要扒他。不過，到了這週結束時，亞瑟王對失去小麥粥釋懷了，派人帶湯姆過來，再次讓他成為寵臣。之後，湯姆就過著快樂成功的生活。

他因為反應機敏、活力充沛，國王封他為拇指湯瑪斯爵士。他的裝扮經歷過麵糊和小麥粥的洗禮，更不要說還進過巨人和魚的肚子裡，不免變得有點破舊。陛下下令替他製作一套適合馬上騎士穿的新服裝。國王也給了他一隻動作俐落的美麗灰老鼠當成坐騎。

看到湯姆打扮得那麼講究，一臉洋洋自得，真是樂趣橫生。

襯衫由蝶翼做成，
靴子材料是雞皮，
精靈以靈巧刀剪，
精熟的裁縫技藝，
讓他外套不虞匱缺，
身側掛著根針當劍，
打扮如此莊重華麗，
短小精悍的老鼠當坐騎。

看到湯姆坐在蹦蹦跳跳的精緻坐騎上，國王和圓桌武士都捧腹大笑。

但某一天狩獵隊經過一間農舍，有隻大貓正在附近潛伏，撲了上來，將湯姆和老鼠抓到樹上。湯姆毫不畏懼，勇敢地拔出針劍，惡狠狠攻擊敵人，最後貓咪任由獵物落下。運氣不錯，其中一個貴族即時用扁帽接住了小傢伙，要不然這麼一摔可就沒命了。之後湯姆生了重病，幾乎藥石罔效。不過，他朋友精靈王后——也是他的守護者，搭著飛鼠拉的戰車來到，當場將湯姆帶回精靈世界。在跟他同等大小的同胞之間生活一陣子之後，湯姆恢復了健康。但精靈王國的時光過得飛快，拇指湯姆回到宮廷時，發現父母已經過世，幾乎所有的老朋友也是。桑斯頓國王接任亞瑟王的位置。每個人對他的大小都驚奇不已，把他當成珍奇之物帶到晉見大廳。

「你是誰？小小人？」桑斯頓國王問，「你從哪裡來？你住哪裡？」

湯姆鞠了個躬，然後回答：

「我的名字無人不知。
我從精靈那裡過來。
亞瑟王在位時，
宮廷就是我的家。

他賜封我為爵士，
他心因我而歡喜。
您的僕人——拇指湯瑪斯爵士。」

這番話聽得陛下心花怒放，他下令用黃金打造一張小椅，好讓湯姆坐在他身邊，就在餐桌上。另外請人鑄造一間黃金小宮殿給湯姆，有五指張開那麼高，大門則不到一英寸寬，小傢伙就能在殿內好好放鬆。

桑斯頓國王的王后是個善妒的女人，無法忍受這麼多榮耀降臨到這小傢伙身上，於是對國王編派了這個小寵臣的種種壞話，其中一個就是湯姆對她輕佻又無禮。聞此，國王差人叫湯姆過來，但湯姆萬萬不敢大意。惹王室不悅會有多危險，湯姆有過苦澀的經驗，於他是躲進一只空蝸牛殼裡，躺在那裡直到差點餓死。他看到附近的蒲公英上有隻細緻的大蝴蝶，於是爬了上去，跨坐在蝴蝶身上。他才坐定，蝴蝶就翩翩起飛，在樹木和樹木，花朵和花朵之間飛翔。

最後，皇室的園丁看到了，追了上去，王宮貴族也加入追捕行列，連國王也是，最後王后在這個歡樂氣氛中忘了原本的憤怒。一夥人時而往這邊跑，時而往那邊跑，想抓湯姆和蝴蝶，但頻頻撲了空，笑到都快岔氣了。最後，可憐的湯姆因為飛東飛西頭暈目眩，彎折身子，揮舞手腳，往下摔進澆水壺裡，差點溺斃。

大家都同意應該饒恕他，因為他帶給他們這麼多樂趣。

湯姆再次得到寵愛，但他活得並不長久，不足以盡享自己的好運。有一天有隻蜘蛛攻擊他，雖然他奮戰不休，但蜘蛛的毒氣對他來說太強大，他倒下並斷了氣，轉眼，蜘蛛便吸光他身上的每滴血。

拇指湯瑪斯的人生就到此結束，國王和整個宮廷都很遺憾失去了這個小小寵臣。他們為他哀悼，在他的墳墓上安了個精緻的白大理石碑，上頭刻有以下墓誌銘：

拇指湯姆，亞瑟王的騎士，安息於此，
他死於蜘蛛的致命攻擊。
他在亞瑟王宮廷相當知名，
提供精彩的娛樂消遣。

他騎鼠持矛衝刺比武，
駕著老鼠出門狩獵。
生前讓宮廷充滿歡樂，
他的死帶來了悲傷。
抹乾你的雙眼，搖搖腦袋，
並說：「唉，拇指湯姆已死。」

豆知識

這個故事又名「拇指湯姆」，在法國是佩羅的《拇指仙童》（*Le petit Poucet*），在德國是格林童話的《大拇哥遊記》（*Daumerlings Wanderschaft*）。這是第一個用英文印行的童話故事。湯姆是否有原型尚未有定論，但在英國林肯郡能找到拇指湯姆的墓，長度只有四十公分。

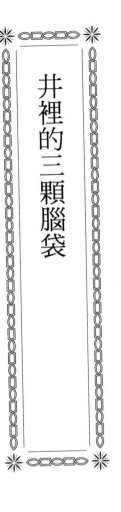

井裡的三顆腦袋

從前從前，科爾切斯特由一個國王統治，他英勇堅強又睿智，是個出了名的明君。但在他一切的榮耀當中，親愛的王后過世了，身後只留給他一個即將成年的女兒，這姑娘因為美貌、仁慈、大方而遠近馳名。怪事總會發生，科爾切斯特國王得知有一位女爵極為富有，有意娶她為妻，雖然她有了年紀，相貌醜陋，有個鷹鉤鼻，壞脾氣，而且有個跟她一般醜的女兒。誰也說不出原因，親愛王后才過世幾個星期，國王便帶著這個討人厭的新娘回到宮廷，極盡奢華，舉辦許多的慶祝活動，跟她結為連理。王后做的頭一件事就是用讒言毒害國王的心，讓他跟美麗仁慈大方的女兒反目，想也知道，醜陋的王后和醜女兒對公主嫉妒極了。

年輕公主發現父親已經與她為敵，對宮廷生活逐漸感到厭倦，渴望遠走高飛。有一天她湊巧在花園裡碰到父王單獨一人，她雙膝跪地，懇請他幫忙，讓她到世間去碰碰運氣。國王同意了，交待王后替這女孩張羅合適的物資。但這滿懷妒意的女人只給了公主一個帆布袋的全麥麵包和硬乳酪，加上一瓶淡啤酒。

雖然這對國王女兒來說是少得可悲的嫁妝，但公主自尊心很高而不願抱怨。於是她接過來，道了謝之後出發，穿越林地、森林、河流、湖泊，越過山巔和谷地。最後來到一個洞窟那裡，洞口有顆石頭，上面坐著蓄有白鬍鬚的老先生。

「早安啊，漂亮的姑娘，」他說，「這麼趕是要上哪兒去啊？」

「可敬的老先生，」她回答，「我要去碰碰運氣。」

「妳有什麼當嫁妝呢，漂亮的姑娘，」他說，「在妳的袋子和瓶子裡？」

「有麵包、乳酪和淡啤酒，老先生，」她面帶笑容說，「你想不想各來一點？」

「非常樂意。」他說。她將自己的糧食拿出來，幾乎都讓他吃光了。但她依然毫無怨言，而是歡迎他滿足自己的需要。

他吃完以後，向她連聲道謝，並說：

「因為妳的美貌、仁慈、大方，請收下這根魔杖。碰上濃密的帶刺樹籬，好像穿不過去的時候，只要用這根杖子敲三下，每敲一下就說：『樹籬，請讓我過去』，它就會為妳打開一條通道。然後，來到一個水井的時候，就在邊緣坐下。不管看到什麼都不要表現出驚訝的樣子，但只要被要求做什麼，一律照做！」

說完，老先生便走進了洞穴，她則出發上路。一陣子之後，她碰到了高聳濃密的帶刺樹籬，但是她用魔杖敲三下，一面說「樹籬，請讓我過去」，樹籬隨即打開一條寬闊的通道放行。她就這樣來到了水井那裡，坐在井邊。她才剛坐下，就有個沒身體的黃金頭顱穿過井水升上來，邊升邊唱：

「洗洗我、梳梳我，
將我輕輕放在斜坡上晾乾，
讓我漂漂亮亮看路人。」

「當然好。」她說，抽出銀梳子，將那顆頭顱放在懷裡，梳起那頭金髮。梳完以後，動作輕柔抬起來，放在報春花盛開的斜坡上晾乾。她才忙完，就有另一顆黃金頭顱冒出來，出現的時候唱著：

「洗洗我、梳梳我，
將我輕輕放在斜坡上晾乾，
讓我漂漂亮亮看路人。」

「當然好。」她說，梳完那頭金髮之後，將那顆黃金頭顱輕柔放在長滿報春花的斜坡，就在第一顆頭顱旁

邊。

接著有第三顆腦袋從井裡浮上來，說了同樣的話：

「洗洗我、梳梳我，

將我輕輕放在斜坡上晾乾，

讓我漂漂亮亮看路人。」

「樂意之至。」她親切地說，將頭顱擱在懷裡，用銀梳梳完那頭金髮之後，報春花遍布的斜坡上就有三顆黃金頭顱排成一排。她也坐下來休息，看著這幾顆頭顱，它們的模樣如此奇特美麗。她一面休息，一面開心享用老先生吃剩的少許全麥麵包、硬乳酪和淡啤酒。但身為國王女兒，她的自尊心很高，不願抱怨。

接著頭一顆頭顱說話了。「兄弟們，這姑娘對我們這麼親切，我們要為她許下什麼預言？我要給她的預言是，她會變得如此美麗，迷倒她碰見的每個人。」

「我呢，」第二顆頭顱說，「要給她的預言是，她的聲音會甜美到勝過夜鶯。」

「我呢，」第三顆頭顱說，「要給她的預言是，她的運氣會好到嫁給目前在位最偉大的國王。」

「我全心感謝你們，」她說，「可是在我繼續上路以前，先把你們放回井裡會不會比較好？要記得你們是黃金做的，路人可能會把你們偷走。」

它們都同意，於是她將它們放回井裡。它們感謝她的體貼，道別之後，她繼續上路。

她才走不遠就來到一座森林，那個國家的國王正跟貴族一起狩獵，這個愉快的隊伍穿過林間空地時，她為了閃避而往後退開。但是國王看到她，停下馬，為她的美貌驚艷不已。

「美麗的姑娘，」他說，「妳是哪位？獨自穿越森林要往哪裡去？」

「我是科爾切斯特國王的女兒，我打算找找發展的機會。」她說，嗓音比夜鶯甜美。

接著國王從馬上躍下，為她神魂顛倒，覺得沒有她便活不下去，於是雙膝跪地，懇請她立即嫁給他。

他以動聽的話再三懇求，她終於點頭同意。他殷勤有禮，扶她上馬坐在他背後，並下令狩獵隊伍跟上來，一行人回到了宮殿。婚禮的慶祝活動極盡奢華，氣氛歡樂。這對快樂的新婚夫婦下令備好皇家馬車，出發回訪科爾切斯特的國王：科爾切斯特人民所深愛，美麗、仁慈又大方的公主才離家不久，便乘著金碧輝煌的馬車回來，成了世上權勢最大國王的新娘，你可以想像，人民有多麼驚訝和歡喜。鐘聲齊鳴，旗幟飛揚，鼓聲咚咚，人們高喊萬歲，一片喜氣洋洋。除了醜王后和她的醜女兒。她倆嫉妒得快要爆炸，滿腹惡意。因為她們當初鄙視的那位姑娘，現在地位已經高過她倆，在每場宮廷典禮都排在她們前面。

於是，拜訪結束之後，年輕國王和他的新娘回到了自己國家，從此過著幸福快樂的生活。

那個長相醜陋、個性不佳的公主對母親——也就是醜王后說：

「我也想到世間去碰碰運氣。如果那個邋邋遢遢、裝模作樣的女孩能得到那麼多，有什麼是我得不到的？」

於是她母親同意了，讓她帶了絲綢洋裝和毛皮大衣，除了一大瓶西班牙馬拉加酒，還給她糖粉、杏仁和各式各樣的甜食，很合乎皇室身份的豐厚嫁妝。

有了這些物資，她出發上路，循著繼姊妹的路線走。不久，她就遇到蓄著白鬍的老先生，他正坐在洞穴口旁邊的石塊上。

「早啊，」他說，「這麼趕要上哪兒去呢？」

「關你什麼事，老傢伙？」她無禮地回答。

「妳的袋子和瓶子裡裝了什麼嫁妝？」他靜靜地問。

「都是些好東西，不用你操心。」她傲慢地回話。

「能不能分點給我這個老人家？」他說。

她放聲一笑。「不管吃的喝的，除非會噎死你，否則我才不要分你：你嗆死我也不在乎。」她頭一甩，這麼回答。

「那麼霉運就會跟著妳。」老人家說，起身走回洞穴。

她繼續上路，過一陣子之後，來到那個濃密的帶刺樹籬，看到有個縫隙，試著鑽過去。但才走到樹籬中央，那些刺便聚攏上來，又刮又扯，弄得她渾身是傷，好不容易才穿了過去。她流著血，往前走到水井那裡，看到井水，坐在邊緣想清理傷口。但才把手探進水裡，就有顆黃金頭顱浮上來，一面唱著：

「洗洗我、梳梳我，
將我輕輕放在斜坡上晾乾，
讓我漂漂亮亮看路人。」

「想都別想，」她說，「我要清洗自己。」語畢，她用酒瓶砰地猛敲那顆腦袋，讓它沉入水裡。但它又浮了上來，第二顆腦袋也是，邊唱歌邊冒出來：

「洗洗我、梳梳我，
將我輕輕放在斜坡上晾乾，
讓我漂漂亮亮看路人。」

「才不要，」她嘲笑，「我要洗自己的手和臉，然後吃晚餐。」她用酒瓶殘忍地往第二顆頭顱狠狠一敲，兩顆頭顱都往水裡閃躲。但是它們樣子狼狽、頻頻滴水，再次浮上水面的時候，第三顆頭顱也來了，邊浮出來邊唱歌：

「洗洗我、梳梳我，
將我輕輕放在斜坡上晾乾，
讓我漂漂亮亮看路人。」

到了這時，醜公主已經清理好自己，坐在報春花遍布的斜坡上，滿嘴都是糖粉和杏仁。

「我才不要，」她邊吃邊說，「我不是洗衣工也不是理髮師。拿這個去洗去梳吧。」說完便把馬拉加酒空酒瓶往那三顆頭顱使勁一丟。

但這一次它們並未閃躲，只是互看對方並說：「這個粗魯的姑娘真沒禮貌，我們要替她許下什麼預言？」第一顆頭顱說：

「我預言她原本的醜臉上會長出斑點。」

第二顆頭顱說：

「我預言她的聲音會跟烏鴉一樣沙啞，講話有如滿嘴食物。」

接著第三顆頭顱說：

「我預言她會很高興嫁給補鞋匠。」

然後三顆頭顱沉入水井，再也沒出現。醜公主繼續上路。但是，看哪！當她來到鎮上，孩子們因為她那張布滿斑點的醜臉，嚇得尖叫逃開。她試著告訴他們，她可是科爾切斯特國王的女兒，但聲音尖利得像是長腳秧雞，乾啞得有如烏鴉；她講了什麼，誰也聽不懂，因為她講起話來就像嘴裡塞滿食物。

鎮上恰好有個補鞋匠，不久前才替一個可憐的老隱士補完鞋。隱士身上沒錢，拿一帖神奇藥膏作為報酬，這藥可以治好臉上的斑，另有一瓶藥水可以去除聲音的沙啞。看到醜公主愁雲慘霧，苦惱不堪，補鞋匠走上前去，從藥瓶裡倒出幾滴給她，接著從她華美的衣飾和咬字變清楚的說話方式，得知她果真是國王的女兒，於是狡猾地說，如果她願意接受她為丈夫，他會想辦法治好她。

「什麼我都願意！什麼我都願意！」悲慘的公主啜泣。

於是兩人結為連理，補鞋匠立刻跟妻子出發去拜訪科爾切斯特國王。但是，無人鳴鐘慶賀，也無人擊鼓歡慶，看到身披獸皮的補鞋匠和一身綢緞的妻子，民眾並未高喊萬歲，而是放聲大笑。

至於醜王后，她氣急攻心、失望透頂，最後發了瘋，在憤恨中上吊而死。國王能這麼快擺脫她，相當滿意，送了一百鎊給補鞋匠，要他帶著醜新娘去忙自己的事。

他心滿意足照做了，因為一百鎊對窮補鞋匠來說意義非凡。於是夫妻一同前往王國的偏遠地區，多年過著不幸福不快樂的生活，他忙著替人補鞋，她則替他紡工作用的線。

§ 豆知識

這個故事部分取自皮爾（George Peele）的《老太太們的故事》（*The Old Wives' Tale*）。

兩個繼女的命運對比這種情節設定，也可以參考格林童話的《霍勒太太》。

法克斯先生

瑪莉女爵年輕又漂亮，戀人多得用雙手指頭都數不完。她跟兩個兄長住在一起。他們素來以美麗的妹妹為傲，也非常喜愛她，急著盼望她能從眾多追求者中做出明智的選擇。

這些追求者當中有一位法克斯先生[11]，俊美、年輕又富裕。雖然沒人知道他的來歷，但他很有騎士風度、性情開朗，人人都喜歡他。他熱烈追求瑪莉女爵，最後她終於答應

11 原文為 Mr Fox，在此採音譯，Fox 原意為狐狸。

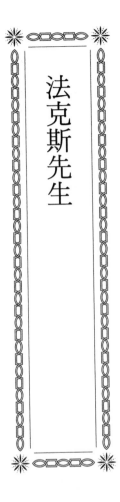

與他結婚。雖然他常常談起要帶瑪莉女爵參觀他的美麗家園，經常描述那座城堡和裡頭的裝潢多麼美輪美奐，卻不曾真正帶她前往，也不曾邀請她哥哥們走訪。

她覺得非常奇怪。身為有膽識的姑娘，她打定主意要親眼瞧瞧那座城堡。

所以某天，在婚禮之前，她知道法克斯先生會和哥哥們去找律師，便提起裙子，趁著全家上下正忙著籌備婚宴，無人知曉的狀況下上路，以便一窺法克斯先生美麗城堡的究竟。

她四處搜尋，跋涉多時，最後終於找到了那座城堡。那是一座精美牢固的建築，牆垣高聳，四周有深深的護城河。氣氛陰鬱，帶點壓迫感。她走到寬廣的大門前，看到拱門上刻著這些字：

要勇敢——要勇敢

於是她鼓起勇氣。既然大門開著，就直接走進去，轉眼便站在寬闊空盪的開放庭院。庭院末端有扇更小的門，門上刻著：

要勇敢——要勇敢；但不要太大膽

她穿過小門進入空蕩蕩的寬敞大廳，登上寬闊空盪的階梯。階梯頂端有一條寬闊空盪的長廊，一端有大窗，陽光從美麗的花園灑進來，另一端則有一扇窄門，窄門的拱框上刻著：

要勇敢——要勇敢；但不要太大膽
免得你心臟血流變得冰冷

瑪莉女爵是個有膽識的姑娘，她當然轉身背對陽光，打開了那扇陰暗的窄門，迎面是一條狹窄陰暗的通道。但是走到底有個小縫隙透著光。她朝那個縫隙走去，湊上眼睛——你想她看到了什麼？

欸！裡面有個偌大的廳堂，照明來自大量燭光，廳堂四周全是美麗年輕姑娘的骷髏和屍體，有些脖子被吊著，有些頹坐在椅子上，有些倒臥在地，全都穿著結婚禮服，禮服上沾滿了鮮血。

瑪莉女爵雖然是個有膽識的姑娘，也有十足勇氣，但這麼恐怖的景象，她也不忍直視太久，於是轉身就逃。她越過陰暗的狹窄通道，穿過那扇幽暗的窄門（她並未忘記順手帶上），沿著寬闊長廊像野兔般拔腿狂奔，正要跑下寬闊樓梯進入寬闊大廳，這時透過窗戶，看到法克斯先生正拖著一位美麗年輕的淑女，穿越寬闊的庭院而來！瑪莉女爵判定別無他法，只能盡快躲好，於是用更快速度衝下寬闊的階梯，躲在寬廣大廳角落的大酒桶後方。她的時間抓得剛剛好，因為法克斯先生正抓著可憐年輕女子的頭髮，拖著她走進寬闊大門。他一路拖著她越過寬闊的大廳，上了寬闊的階梯。女子抓住樓梯欄杆想停住自己，法克斯先生惡狠狠連聲咒罵，最後抽出長劍，用力劈向可憐年輕淑女的手腕。被砍掉的手彈進了空中，指上的鑽戒在落下的瞬間，在陽光中一時發出閃光，哪裡不掉竟然掉進瑪莉女爵的懷裡，而她正蹲伏在酒桶後方！

她相當害怕，心想法克斯先生一定會發現她，但是他到處尋覓了一會兒都沒找著（他當然覬覦那只鑽石戒指），繼續投入他那恐怖的任務，拖著可憐美麗的年輕女子上

樓，前往那間可怕密室，肯定打算在結束駭人的工作之後，再回來找那隻手。

但是屆時，瑪莉女爵早已逃出生天。女爵一聽到女子在地上拖行的可怕聲響進入長廊，立刻起身逃命，她穿過那道寬闊的門，拱頂上刻著：

要勇敢——要勇敢；但不要太大膽

然後越過寬闊的庭院，穿過寬闊的柵門，上頭刻著：

要勇敢——要勇敢

腦袋停擺，但腳步不曾稍停，直到奔抵自己

的寢室。於此同時，她一直提著裙子，兜著那隻戴著鑽石戒指的斷手。

翌日，法克斯先生和瑪莉女爵的哥哥們從律師那裡回來，簽定結婚契約的時候到了。他們邀請所有的鄰人前來見證，並一同享用豐盛的早餐。瑪莉女爵穿著婚紗，法克斯先生模樣快活又瀟灑。他坐在瑪莉女爵對面，看著她並說：

「妳今天早上好蒼白啊，親愛的。」

瑪莉女爵靜靜看著他，並說：「是啊，親愛的先生！我昨晚睡得不安穩，做了幾場可怕的夢。」

法克斯先生漾起笑容，並說：「夢境往往跟現實恰恰相反，親愛的。但把妳做的夢告訴我吧，妳的甜美聲音會讓時間走得更快，直到我可以說出妳屬於我。」

「我夢到的是，」瑪莉女爵說，面帶沉著的笑容，眼神一派平靜，「我昨天去找那個即將成為家的那座城堡，我發現它座落在樹林裡，四周有高牆，還有又深又暗的護城河。柵門上方刻著這些字眼：

要勇敢——要勇敢」

法克斯先生連忙說：「實情並非如此——不是這樣的。」

「然後我越過寬闊的庭院，穿過一扇寬闊的門，上頭刻著：

要勇敢——要勇敢；但不要太大膽」

瑪莉女爵說了下去，依然面帶笑容，語氣冷冰冰，「但是當然，實情並非如此，不是這樣的。」

法克斯先生一語不發，像石頭般僵坐不動。

「然後我夢到，」瑪莉女爵繼續說，仍然笑容可掬，雖然眼神嚴厲，「我越過寬廣的大廳，登上寬闊的階梯，沿著寬闊的長廊，最後走到一扇陰暗的窄門，上頭刻著：

要勇敢——要勇敢；但不要太大膽

免得你心臟血流變得冷冰

但是當然，實情並非如此，不是這樣的。」

法克斯先生悶不吭聲，文風不動坐著。

「接著我夢到，我打開那扇門，穿過陰暗狹窄的通道，」瑪莉女爵說，依然笑盈盈，雖說語氣冷如冰，「那條通道盡頭有扇門，門上有個縫隙。透過縫隙，我看到了寬闊的廳堂，裡面由許多燭光照亮，四周淨是可憐姑娘的遺骸和屍體，衣服上都沾了血跡。但是當然，實情並非如此，不是這樣的。」

到了這時，所有的鄰居全都盯著法克斯威斯先生看，他默默無語坐著。

但瑪莉女爵接著說，唇上的笑容僵硬：

「然後我夢到我衝到樓下，及時躲起來，而你，法克斯先生，扯著一個年輕淑女的頭髮，拖著她進門來。她抓住樓梯欄杆，手上的鑽戒在陽光中一閃，你卻抽出長劍，剁掉了那可憐淑女的手。」

法克斯先生從座位僵硬地站起身，怒瞪著四周，彷彿準備要逃跑。他露出虎牙，有如被狗群圍攻的狐狸，接著面色蒼白起來。

他試著微笑，但聲音輕到幾乎聽不見，說：

「實情並非如此，不是這樣的，希望不是！」

瑪莉女爵也站起來，臉上的笑容褪去，鏗鏘有力地喊道：

「實情正是如此，就是這樣，

我有那隻手和戒指為證。」

語畢，她從胸口抽出那隻可憐的手，還有那只閃亮亮的戒指，直直指著法克斯先生。

看到這個情景，所有的人都站起來，抽劍出鞘，將法克斯先生碎屍萬段。真是罪有應得。

§ 豆知識

類似的故事有《一位牛津的學生》（*An Oxford Student*），故事中女孩看到男主人公正在挖她的墳墓。

這個故事很明顯是格林童話中《強盜新郎》（*The Robber Bridegroom*）的變形，也與《藍鬍子》類似。不過故事原型更加古老，在莎士比亞的《無事生非》（*Much Ado About Nothing*）中就曾暗指這個故事。

狄克・惠廷頓和他的貓

這是真人真事。五百多年前，有個叫狄克・惠廷頓的小男孩。狄克的父母在他年幼得還無法工作時就過世了。可憐的小狄克非常貧困，能夠拿到馬鈴薯皮，偶爾有乾硬的麵包皮可以吃，就已經很開心了。除此之外，他並不常得到什麼接濟，因為他住的村莊非常貧困，鄰居也無力多分他什麼。

那個年代的鄉下人普遍認為，倫敦人都是優雅的淑女和紳士，成天唱歌跳舞。他們還說，倫敦富裕到連街道都鋪滿黃金。狄克以前總是坐在一旁，聽父老鄉親說這些關於倫敦有多富裕的奇聞軼事，讓他不禁心生嚮往，想到倫敦去住，享受充足的糧食和精緻

的衣物，而不是像他們鄉下人只有破衣粗食。

於是有一天，有輛八匹馬拉的大貨車在村裡歇腳的時候，狄克跟馬車夫交了朋友，求對方順道帶他上倫敦。男人聽到可憐的小狄克沒有父母可以照顧他，又看到他一身破爛、亟需幫忙，於是心生同情，答應帶他上路。他們就此出發。我不知道路程多遠，也不知道他們花了時間，狄克終於抵達那個久聞其名，在他想像中無比輝煌的美妙城市。但是，噢，他抵達的時候多麼失望啊。這裡多麼骯髒！這裡的人根本不像他夢想中的那樣，歡樂無邊，笙歌不斷！他在街道上來回遊蕩，走過一條街又一條街，直到筋疲力盡。但是沒有一條鋪著黃金，倒是可以看到不少塵土，根本沒有他原本以為的金子，只要動作夠快，就能隨手撿進口袋。

小狄克奔走不停，最後體力耗盡。天色越來越暗，最後他街角坐下睡著了。早晨來到，他又冷又餓，雖然他懇求每個路過的人幫幫忙，但只有一兩個人給他半便士的麵包錢。有兩三天他都用這種方式在街頭討生活，只能勉強維生，最後好不容易在秣草田上找到工作，讓他能夠再撐一段短短的時間，直到割晒牧草的農活結束為止。

之後他又陷入困境，求助無門。有一天在城裡遊蕩的時候，他在富商家門口躺下來休息，這商人名叫費茲瓦倫。但他在這裡才停留不久，便被廚娘看到。那個廚娘是個心地差、脾氣壞的女人。她喊著趕他離開。「懶惰的無賴。」她罵他，說如果他賴著不走，就要用骯髒滾燙的洗碗水潑他。不過，就在這時，費茲瓦倫正好回家來吃晚餐，看到這個狀況，問狄克為什麼躺在那裡。「你已經大到可以工作了，小伙子，」他說，「我擔心你是想偷懶。」

「我是夠大了沒錯，先生，」狄克對他說，「但不是故意要偷懶。」他告訴商人，他有多麼賣力找工作，但因為沒有東西吃而病懨懨。狄克這個可憐的傢伙，試著要站起來，卻虛弱得無力站定，只好再躺下來，因為他三天以上沒吃東西了。好心的商人下令將他帶進屋裡，給他一頓豐富的晚餐，然後說要把他留在家裡，在廚子底下做事，能幫什麼就做什麼。

要不是因為那個壞心廚子，狄克原本會很高興能進這個好人家工作。廚子總是竭盡所能要讓他日子難過，無論晨昏，總是罵他罵個不停。不管狄克做什麼，她都覺得不夠好。「這邊動作快」、「那邊快一點」，不管怎樣都取悅不了她。她會用掃帚柄或杓子，或恰好拿在手上的任何東西，狠狠修理他。

最後，廚子虐待可憐狄克的事情，傳進了愛麗絲小姐耳裡，她是費茲瓦倫先生的女兒，她告訴廚子，如果不對狄克好一點，很快就會丟掉飯碗，因為狄克很受這家人的疼愛。

之後，廚子的行為稍有收斂，但還有一件事情讓狄克吃足了苦頭。他睡在閣樓裡，牆壁和地板都有不少破洞，每晚躺在床上，整個房間滿是大大小小的老鼠，有時候幾乎夜不成眠。有一天，他因為替個紳士清理鞋子，賺了一便士，碰到懷裡捧著貓咪的小女孩，問她能不能將貓賣給他。「好啊。」她說，雖然那隻貓很會抓老鼠，她很捨不得跟貓分開。這正是狄克需要的，狄克將貓養在閣樓裡，每天從自己的晚餐省下一點來餵貓。很快就解決了鼠患，不久，他再也不受老鼠的干擾，每晚都睡得很安穩。

不久之後，費茲瓦倫先生有艘船準備啟航，他習慣給所有的僕人一個機會，跟他一樣碰碰運氣。他將僕人全都叫進帳房，問他們想送什麼出去。

他們都有願意拿出來冒險看看的東西，只有可憐的狄克沒有。他手上既沒有存款也沒有商品，什麼都拿不出來。因為這個緣故，他沒跟其他人一起進帳房，但是愛麗絲小姐猜到原因，於是派人叫他過來。她說：「我會自掏腰包，替他出點錢。」但父親告訴她說這樣不行，一定要是他自己拿出來的東西。

狄克聽到這番話便說：「我除了一隻貓，什麼都沒有，是我前陣子用一便士買來的。」

「那就去吧，我的小子，去帶你的貓來，」他主人說，「就讓貓出海去吧。」

狄克上樓去抓那隻可憐的貓咪過來，但把貓咪交給船長時，他雙眼噙著淚。「這樣一來，」他說，「我整晚又要被老鼠吵得不能睡了。」大家都嘲笑狄克竟然拿出這麼古怪的東西來投資冒險，愛麗絲替他覺得難過，於是給了他一點錢再去買隻貓。

除了這件事，還有愛麗絲小姐對可憐狄克的其他善舉，都遭到壞脾氣廚子的嫉妒，開始以前所未有的殘酷對待他，總是拿他送貓出海這件事來取笑他。「你想你的貓可以賣多少？」她會問，「跟買一根拿來揍你的棒子一樣多錢？」

最後，可憐的狄克再也受不了這樣的凌辱，打算要逃走。他將自己的細軟整理成包袱——他東西不多——在十一月第一天，正是諸聖節，一清早出發上路，一直走到哈洛威區，在一塊石頭上坐下來休息（據說，那顆石頭直到今日都叫做「惠廷頓之石」），開始忖度，該走哪條路才好。

他正在思考自己該怎麼做的時候，齊普賽街堡教堂的鐘聲響起。鐘響的時候，他想像它們正一次次唱著：

「轉身吧，惠廷頓，
倫敦的市長大人。」

「倫敦的市長大人！」他自言自語，「欸，等我長大成人，要是能當上倫敦市長大人，坐著精美的馬車，我幾乎什麼都能忍耐！唔，要是我最後能當上倫敦市長大人，那個臭脾氣老廚子怎麼毆打我痛罵我，我都不會當一回事，我會回去。」

於是他打道回府。運氣還算不錯，他回屋裡開始工作時，廚子還沒下樓。

但你現在一定要聽聽那隻貓太太的遭遇。貓搭著商船「獨角獸」在海上航行許久，船上也住了不少討厭的老鼠，這隻貓發揮了自己的用處。最後，這艘船停靠在巴巴里海岸的港口，那裡都是摩爾人。他們從未見過來自英格蘭的船隻，於是成群結隊簇擁過來看那些水手，不同的膚色和異國的衣裝讓他們大開眼界。不久，便急著要買這艘船滿載的商品，船方將樣品送上岸讓國王參考。國王非常滿意，派人請船長來宮殿，邀請他以貴賓身份共進晚餐。但他們才入座不久，華美的地氈和鋪滿地面的地毯上，一如往常，大量的老鼠蹦蹦跳跳衝進來，撲上那些菜餚，大啖眼前的美食。船長大感驚奇，納悶他們為何不厭惡這種害蟲。

「噢是的，」他們說，「討厭極了，國王恨不得拿一半的財寶來擺脫牠們，因為牠們不只破壞晚餐，夜裡還會爬上床攻擊他，因為害怕牠們，夜裡還得要有守衛在旁邊看著。」

船長喜出望外，立刻想到可憐的狄克．惠廷頓和他的貓，說船上正好有個生物，如果帶來這裡，三兩下就能除掉這些害蟲。想當然耳，國王一聽到這件事，就急著擁有這隻神奇的動物。

「立刻帶牠過來我這邊，」國王說，「這些害蟲很可怕，要是那隻動物可以做到你說的事，作為交換，我會把大量的黃金和珠寶送上你的船。」

船長很有生意頭腦，小心不要貶低狄克貓咪的價值。他告訴國王陛下，船上沒有貓會很不方便，因為只要貓一走，老鼠就會毀掉船上的貨物，不過，為了幫忙國王，他還是會去帶牠過來。

「噢，麻煩動作快！」王后喊道，「我也等不及要見見這個寶貴的生物。」

船長離開的時候，皇室重新準備一頓晚餐。船長捧著貓回到宮殿，及時看到地毯再次爬滿老鼠。貓一看到老鼠，不用等人下令，便跳出船長的懷抱，轉眼間幾乎所有的老鼠都死在牠腳邊，剩下的老鼠則害怕得快步逃回洞穴。

三兩下就消除了隱忍多時的災禍，令國王喜上眉梢，王后則希望船長將幫了這麼大忙的動物帶到她面前。船長呼喚「貓咪、貓咪、貓咪」，貓朝著他跑來。他將貓抱到王后面前。這個生物之前才用爪子大顯神威，王后一開始不大敢碰牠。不過，當船長「喵咪、喵咪」地叫牠，並動手撫摸，王后也壯起膽子摸摸貓，並模仿船長叫著「咪咪、咪咪」，因為她沒學過怎麼講英文。接著他將貓放在王后的懷裡，貓發出呼嚕聲，跟王后陛下的手嬉戲，不久就睡著了。

國王見識到貓太太的能耐，知道牠生下的小貓很快就能供給整個國家所需，讓國家免於鼠患，於是跟船長談好要買下整艘船的商品，然後以購入這些商品總額的十倍價格，買下這隻貓。

船長向巴巴里宮廷道別之後，經過順利的航程，帶著黃金和珠寶，平平安安返抵倫敦。

某天一大早，費茲瓦倫先生剛走進帳房，在辦公桌前坐定要數現金，這時響起敲門聲。「哪位？」他說。「一個朋友，」有人回答，「我替你捎來好消息，關於你的船『獨角獸』。」商人連忙打開門，眼前就是船長和大副，捧著一箱的珠寶和貨品清單。他看過一遍之後，抬眼向上蒼致謝，讓他這趟船程有如此豐沛的收穫。

誠實的船長接著跟商人講起那隻貓的事，讓他看看國王要給可憐狄克的豐厚贈禮。商人為狄克雀躍不已，有如自己好運臨頭，他要僕人帶狄克過來。

「去帶他過來，我們要告訴他，他闖出了名堂；

從今以後請叫他惠廷頓先生。」

有些僕人對這點稍有遲疑，說這樣大筆的財寶對狄克那樣的小子來說太多。但費茲瓦倫先生確實是個正人君子，他一便士都不願奪走。「說什麼話！」他嚷嚷，「這筆錢財全是狄克的，他該得的，小到最後的一丁點錢都是。」

接著派人叫狄克過來，狄克當時正忙著替廚子刷鍋具，污垢沾得他渾身黑糊糊的。他自慚形穢，試著找藉口不進帳房，但商人硬是要他進來，還拿了把椅子給他坐。狄克開始認為，大家肯定在捉弄他，於是哀求他們別戲弄可憐單純的男孩，放他回樓下的洗碗房裡工作。

「是真的，惠廷頓先生，」商人說，「我們是認真的，得知這幾位紳士捎來的消息，我打從心底覺得歡喜。船長將你的貓賣給巴巴里國王，換得的財富多過我在世間所擁有的，願你能久久享有！」

費茲瓦倫先生接著要他們打開帶來的那批財寶，並說：「現在惠廷頓先生除了把它放在安全的地方，沒有更多事情可忙。」

可憐的狄克大喜過望，幾乎不知如何自處。他表示，主人想拿走多少都可以，因為這一切全要歸功於主人的善心。「不，不，」費茲瓦倫先生回答，「這全都屬於你。我確信你一定會好好運用。」

狄克接著懇求女主人以及愛麗絲小姐，共享他的一部分好運，但她們都不肯，同時告訴他，她們也為他的成功雀躍不已。但狄克心地太好，不願獨享財富，於是送了些給船長、大副和費茲瓦倫先生的其他僕人，連他的宿敵壞脾氣廚子都有份。

之後，費茲瓦倫先生建議他找裁縫過來，訂製紳士的裝扮，並告訴他，歡迎他繼續住在家裡，直到找到更好的去處。

惠廷頓洗了臉，捲了頭髮，穿上時髦的套裝以後，就跟來費茲瓦倫先生家裡拜訪的任何年輕人一樣俊美雅致，美麗的愛麗絲．費茲瓦倫也這麼想。她過去曾經對他很好，帶著同情的眼光看他。而現在她覺得他很適合當自己的心上人；惠廷頓一向都在想自己能做什麼來逗她開心，總是親手做漂亮的禮物送她。

費茲瓦倫先生不久就嗅出風向，很快便提議讓他們結為連理。兩人欣然同意，轉眼便敲定婚期，來教堂觀禮的有市長大人、議政廳參事、司法行政長官、倫敦多位富商。禮成之後，新人擺設盛宴款待他們。

歷史告訴我們，惠廷頓先生和夫人過得十分光彩，也非常幸福。他們生了幾個孩子。他曾經擔任司法行政長官，當過三任倫敦市長大人，並且從亨利五世得到封爵的榮譽。

國王征服法國之後，李察・惠廷頓爵士[12]在市長官邸以極盡奢華的方式款待國王和王后。國王說：「一個國君從來不曾有過如此臣民！」聽到這句話，李察爵士回答：「一個臣民不曾有過如此國君。」

§ 豆知識

李察・惠廷頓爵士（Sir Richard Whittington，約 1354-1423）在英國歷史上真有其人，故事中他的妻子愛麗絲和老丈人費茲瓦倫，同樣也是真實存在的人物。

惠廷頓爵士是成功的商人，擁有大筆財富，曾四次擔任倫敦金融城市長（Lord Mayor of the City of London），也是議會成員，任職期間資助多項公共建設，如倫敦

12 狄克（Dick）是李察（Richard）的簡稱。

貧困區的排污水系統、未婚媽媽病房等。他死後的遺產成立了李察・惠廷頓爵士慈善基金，至今仍在幫助他人。

這個故事約於惠廷頓爵士死後一百五十年左右出現，不過他並未跟故事中一樣生來貧窮，而是鄉紳之子，從小就開始學習商業，當然也沒有證據顯示他曾養過貓，並送到國外換來大筆財富。

傑克如何出外闖天下

從前從前，有個名叫傑克的男孩。有天早上他出發去闖天下。

沒走多遠，他就碰到一隻貓。

「你要上哪去？傑克？」貓說。

「我要去闖天下。」

「我可以一起去嗎？」

「可以啊，」傑克說，「同伴越多越好。」

於是傑克和貓繼續上路。啪啦啪—噠啦噠！啪啦啪—噠啦噠！啪啦啪—噠啦噠！

他們往前走了點路之後，碰上一條狗。

「你要上哪去？傑克？」狗說。

「我要去闖天下。」

「我可以一起去嗎？」

「可以啊，」傑克說，「同伴越多越好。」

於是傑克、貓和狗繼續上路！啪啦啪－噠啦噠！啪啦啪－噠啦噠！

啪啦啪－噠啦噠！啪啦啪－噠啦噠！

他們往前走了點路之後，碰上一隻山羊。

「你要上哪去？傑克？」山羊說。

「我要去闖天下。」

「我可以一起去嗎？」

「可以啊，」傑克說，「同伴越多越好。」

於是傑克、貓、狗、山羊繼續上路！啪啦啪—噠啦噠！啪啦啪—噠啦噠！啪啦啪—噠啦噠！

他們往前走了點路之後，碰上一頭公牛。

「你要上哪去？傑克？」公牛說。

「我要去闖天下。」

「我可以一起去嗎？」

「可以啊，」傑克說，「同伴越多越好。」

於是傑克、貓、狗、山羊、公牛繼續上路！啪啦啪—噠啦噠！啪啦啪—噠啦噠！啪啦啪—噠啦噠！

他們往前走了點路之後，碰上一隻公雞。

「你要上哪去？傑克？」公雞說。

「我要去闖天下。」

「我可以一起去嗎？」

「可以啊，」傑克說，「同伴越多越好。」

於是傑克、貓、狗、山羊、公牛、公雞繼續上路！啪啦啪－噠啦噠！啪啦啪－噠啦噠！啪啦啪－噠啦噠！

他們步伐活潑輕快往前走，直到天色即將暗下，該要想想在哪裡過夜才好。不久，他們看到一棟房子，傑克要同伴們先按兵不動，讓他先過去從窗戶瞧瞧，看看是否安全。他透過窗戶看到一群強盜坐在桌邊數著好幾大袋的金子！

「那些金子會成為我的，」傑克自言自語，「我已經找到我的財富。」

接著他回去要同伴先等等，直到他下令為止，到時他們就要用各自的方式，卯盡全力發出噪音。傑克一下令，他們全都做好準備，貓咪喵喵叫，狗兒汪汪吠，山羊咩咩叫，公牛哞哞吼，公雞呱呱叫，齊聲發出了恐怖至極的喧鬧聲，強盜們嚇得跳起來逃走，將金子留在桌上。傑克和他同伴哈哈笑了一陣子之後，走進屋裡，占領了房子和那些金子。

傑克是個聰明的男孩，知道強盜們會在深夜回來拿金子，所以當就寢的時間一到，

他將貓咪放在搖椅裡，將狗兒留在桌底下，將山羊帶到樓上，將公牛牽進地窖，並且要公雞飛上屋頂。

然後他就上床去睡了。

想當然耳，三更半夜，強盜們派一個人回屋裡找他們的錢。但不久他便驚恐萬分跑回來，跟他們說了個嚇人的故事！

「我回到屋子裡，」他說，「走進去要坐搖椅，結果有個老女人在那裡織東西，她——我的天——用織針狠狠扎了我。」

（其實是那隻貓咪。）

「然後我走到桌子那裡要找那些

錢，結果有個鞋匠躲在桌底下，我的天！他用鞋鑽狠狠刺了我。」

（其實是那條小狗。）

「所以我開始往樓上走，可是上頭有個男人亂揮手腳，我的天！他拿打穀的棍子把我敲倒在地！」

（其實是那隻山羊。）

「然後我開始往地窖走，可是——我的天！——底下有個男人在劈柴，他用斧頭來來回回敲了我好幾下。」

（其實是那頭公牛。）

「可是，要不是因為廚房煙囪旁邊的屋頂上有個可怕的小傢伙，那些事情我原本不會在意。他一直大呼小叫『把他燉來吃！[13]把他燉來吃！把他燉來吃！』」

（那當然是公雞在叫。）

接著那些強盜同意，他們寧可失去那些金子，也不要經歷這樣的命運，於是他們趕

13 公雞叫聲在英文裡是 cock-a-doodle-doo，聽起來跟「cook him in a stew」（把他燉來吃）近似。

緊離去。隔天早上，傑克帶著他的戰利品開開心心回家去。每隻動物都各扛了些黃金。貓咪在尾巴上掛了一袋（貓咪走路的時候，尾巴老是伸得筆直）；狗掛了一袋在脖子那裡，山羊和公牛則掛在頭角上，但傑克要公雞嘴裡啣著一塊金幣，免得公雞老是叫著：

「把他燉來吃！把他燉來吃！把他燉來吃！」

豆知識

這個故事應該是衍生自格林童話中的《不來梅樂手》（*Town Musicians of Bremen*）。

妖獸

從前從前，有個女人成天笑口常開，雖然她很少有值得開心的理由，因為她年老窮困又寂寞。她住在小小木屋裡，專替鄰居跑腿辦事，換點吃的喝的，日子過得很清苦。她勉強度日，卻總是活活潑潑、興高采烈，彷彿什麼也不缺。

有天夏日傍晚，她正快步走著，跟平常一樣笑容滿面，沿著大馬路要回她的小屋去，卻看到溝渠裡倒著一只黑色大鍋！

「我的天！」她嚷嚷，「正好適合我，要是我有東西可以放進去就好了！可是我什麼也沒有！會是誰把它留在溝渠裡呢？」

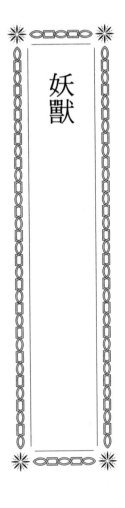

她東張西望，心想鍋子主人還沒走遠，可是四下無人。

「也許這鍋子破了個洞，」她說下去，「那就是它被扔掉的原因。可是放花進去，擺在窗台上，應該滿適合的，我就帶回家吧。」

語畢，她掀起鍋蓋，往裡頭一瞧。「哎呀！」她嚷嚷，相當驚訝，「裡面竟然滿是金子，運氣真好！」

確實，大大的金幣塞滿了整個鍋子。起初她只是站著，呆若木雞，納悶自己的腦袋是不是糊塗了。接著她開始說：

「哎呀！可是我真的有富起來的感覺，我覺得自己有錢得不得了！」

這句話說了好多次之後，她開始忖度，要怎麼帶她的財寶回家。捧著走對她來說太重，她所能想到的最好辦法，就是用披巾的末端綁住鍋子，在背後像手拉車一樣拖著走。

「天很快就要黑了，」她往前走著，自言自語，「天黑反而更好！鄰居就不會看到我帶什麼回家。整個晚上就可以自己好好過，想想能夠做什麼！也許我會買棟豪宅，泡杯茶，坐在火爐邊，像個王后一樣什麼也不做。或者我可以把金子埋在花園的邊邊，只留一點在壁爐架上的瓷茶壺裡。或者，也許——哎唷！唉唷！我覺得好尊貴，簡直不認得自己了。」

拖著那麼重的東西，到了這時她已經有些累了。於是停下來歇一會兒腳，轉身去看她的寶物。

看哪！那根本不是一鍋金子！只是一塊銀。

她盯著那塊銀，揉揉眼睛，又盯著它。

「唷！不會吧！」她終於開口，「我還以為是一鍋金子呢！我一定是在做夢。可是這也算好運！銀比較不麻煩——照顧起來更省事，不會那麼容易被偷。如果是金子，我可就慘了，如果是一大塊銀呢……」

她再次上路，邊走邊計畫要怎麼做，覺得自己富有得不得了，最後又有點累了，停下來歇歇，回頭瞧瞧她的寶物是否安全。結果看到的竟然是一大塊鐵！

「唷！不會吧！」她又說，「我竟然誤以為是銀！我一定是在做夢。可是這也算好運！真的很方便。我可以拿舊鐵去換些便士回來。對我來說，比起金子和銀子，便士方便多了。欸！單是怕被搶怕被偷，我就永遠都不必睡了。可是便士很方便，我可以賣掉那塊鐵，換一堆便士回來，然後變得很有錢——無比有錢。」

她繼續往前走，滿腦子都在想要怎麼花那些便士，最後再次停下來休息，回頭看看她的寶物安全與否。這次除了一塊大石頭，她什麼也沒看到。

「唷！不會吧！」她嚷嚷，笑容滿面，「我竟然誤以為是鐵塊。我一定是在做夢。不過，我真的運氣不錯。我一直好想要有一塊石頭來撐住柵門。唉呀！真是漸入佳境！運氣好真是好事情。」

她急著看看那塊石頭可以怎麼撐住柵門，於是快步走下坡，最後回到自己的小屋那裡。她拉開門栓，轉身要從倒在背後小徑上的石頭上，解開她的披巾。欸！確實是一塊石頭沒錯。天色還夠亮，可以看到石頭倒在那裡，就像石頭該有的那樣安靜平穩。

於是她彎身解開披巾的一端，這時——

「噢，天啊！」

突然間石塊跳了起來，發出尖鳴，轉眼變得大如乾草堆。接著它伸出四條細長的腿，冒出兩隻長長的耳朵，揮動一條大大的長尾巴，活力充沛越走越遠，像個淘氣調皮的男生，踢蹬著腳，尖聲亂叫，發出嘶聲，哈哈大笑。

老婦人目送它遠去，直到離開視線範圍，然後自己也噗哧一笑。

「欸！」她輕笑起來，「我運氣真不錯！真是附近運氣最好的一個了！想想看，我不只獨自看到妖獸，而且還在它面前表現得這麼放肆！我的天！我覺得精神百倍——覺得好尊貴！」

於是她走進小屋，整晚為了自己的好運，咯咯笑不停。

豆知識

這個故事又名《赫德利高》（*The Hedley Kow*），發生在諾森伯蘭（Northumberland）郡山丘上的赫德利村。

赫德利高是一種喜歡變形來惡作劇的精靈。類似的妖獸還包含Brag，同樣來自諾森伯蘭。

德國童話《幸運的漢斯》也有類似的情節，主角相信每一次交換都會更好。

柴爾德・羅蘭

柴爾德・羅蘭和他兩個兄弟正在玩球，妹妹柏德・海倫也跟他們一起玩。柏德・海倫很愛她的哥哥們，他們也深愛著她。有一天，兄妹們在教堂院落附近玩球——柴爾德・羅蘭用腳踢球，以膝蓋接球，最後用力過頭，球滾進了教堂。

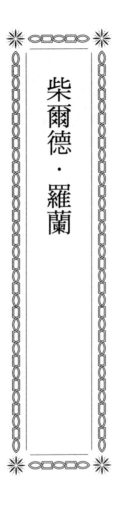

柴爾德・羅蘭是柏德・海倫最小也最親愛的哥哥，感情雖深厚，但玩起遊戲，兩人總是爭相要贏。柏德・海倫放聲一笑——在側廊上跑來跑去，想看球滾到哪裡去。

球滾到了教堂右側，柏德・海倫抄近路要去拿，於是逆著太陽的方向跑，陽光整個照在她臉上，將她的影子拋在身後。有時候，人們就是會忘記，反著太陽跑，就是逆光

而行，結果影子就會跑到視線範圍外，無法受到妥善的照顧。

這麼一來會發生什麼事，到時你就知道。於此同時，柏德．海倫的三個哥哥等著她回來。可是他們等了好久好久，遲遲不見妹妹的蹤影。

他們驚慌起來，東奔西跑四處找她，上上下下尋遍每個地方。他們毫無所獲，悲痛不已。她下落不明，就像五月晨間的露水那樣消失不見。

最後她大哥去找偉大巫師梅林，問他柏德．海倫可能去了哪裡。太陽底下與之外的一切，梅林都說得出也能預言，看得見也能預見。

「美麗的柏德．海倫，」巫師說，「一定是在逆光繞著教堂奔跑的時候，連同影子，一起被精靈帶走了。因為當人逆著光走，精靈就有力量能夠挾制他們。她現在會在精靈世界國王的暗塔裡，只有基督王國最勇敢的騎士才能帶她回來。」

「如果有可能帶她回來，」大哥說，「我會去，死也值得。」

「是有可能，」巫師梅林沉重地說，「但任何人或任何母親的兒子要是不先學些訣竅，就輕易去嘗試，只會落得悲慘下場。」

美麗柏德．海倫的大哥確實英勇，不懼危險，於是懇求巫師告訴他該做什麼，又不該做什麼，因為他下定決心要去找妹妹。偉大的巫師循循善誘教導他。等他學習完畢，便配上劍，向弟弟們和母親道別，出發前往精靈世界的暗塔要帶柏德．海倫回來。

但是他們等了又等，心生疑竇，飽受折騰，弟弟們悲痛不已，因為他不會再回來。

過了一陣子，柏德．海倫的二哥也去找巫師梅林，並說：

「也請教導我，我要到精靈世界國王的暗塔裡找哥哥和妹妹，帶他們回來。」他也相當英勇，不懼危險。

等他接受訓練，學習完畢之後，便向弟弟柴爾德．羅蘭，以及好母后道別，配上劍，出發勇闖精靈世界，要將柏德．海倫和哥哥帶回來。

可是他們等了又等，被疑竇與痛苦所淹沒，母親和弟弟悲痛不已，因為他不會再回來了。

他們等了好久時間，一直沒人從精靈世界的暗塔回來。最小的兒子，也是柏德·海倫最愛的哥哥，請求母親讓他也投入這項任務，因為他是他們當中最英勇的一個，無論死亡或危險都驚動不了他。可是起初母后說：

「不行！我只剩你一個孩子，如果失去了你，那我就失去一切了！」

可是經不起他百般懇求，最後好母后還是祝他一路順風，將他父親的劍繫在他的腰際，就是那把絕不揮砍落空的劍。她在繫劍的同時，也誦唸了勝利的咒語。

柴爾德·羅蘭向她道別之後，前往偉大巫師梅林的洞穴。

「再一次就好，大師，」青年說，「再這麼一次就好，告訴我該怎麼到精靈世界的暗塔，找到美麗的柏德·海倫和兩個哥哥。」

「孩子，」巫師梅林回答，「總共有兩件事，說起來簡單，但做起來很難。有件事得做，有件事不能做。你必須做的頭一件事就是：進入精靈的國土之後，不管誰跟你說話，你一定都要抽出父親那把劍，砍掉對方的腦袋。這一點你不能有任何失誤。第二件是你千萬不能做的事，就是：進入精靈的國土之後，什麼都不能吃、什麼都不能喝，否則你再也見不到中土。」

柴爾德．羅蘭反覆誦念這兩個訓誨，直到銘記在心。好好受完訓練之後，他向大師道謝，上路去尋找精靈世界的暗塔。

他走得又遠又急，最後抵達一片寬闊的沼地，在那裡遇見一個正在餵馬的馬夫，那些馬都是野生的，雙眼有如燃燒的煤炭。

於是他知道牠們一定是精靈世界國王的馬匹，他一定來到了精靈的國境。

柴爾德．羅蘭對馬夫說：「你能不能告訴我，精靈世界國王的暗塔在哪裡？」

馬夫回答：「沒辦法，這種事我不清楚，你再往前走點路，就會碰到牧牛人，也許他能告訴你。」

柴爾德．羅蘭立刻抽出父親那把絕不揮砍落空的劍，砍掉了馬夫的腦袋，那顆腦袋在寬闊的沼地上滾動，嚇壞了精靈世界國王的馬。他繼續往前行，最後來到一處遼闊的牧草地，有個牧人正在趕牛。那些牛睜著火紅的雙眼瞅著他，於是他便知道牠們是精靈世界國王的牛，知道自己依然還在精靈的國境內。接著他對牧人說：「你能不能告訴我，精靈世界國王的暗塔在哪裡？」

牧人回答：「沒辦法，這種事我不清楚，你再往前走一點路，就會碰到家禽婦，也許她能告訴你。」

柴爾德．羅蘭想起梅林的訓誨，立刻抽出父親那把絕不揮砍落空的好劍，砍下了牧人的腦袋，那顆腦袋在草地裡打轉，嚇壞了精靈世界國王的牛。

他繼續往前走，最後來到一座果園，有個披著灰斗篷的老婦人正在餵家禽。那些家禽的小眼睛就像燃燒的小煤炭，於是他知道牠們都是精靈世界國王的鳥禽，而他依然在精靈的國境內。

他向家禽婦說：「妳能不能告訴我，精靈世界國王的暗塔在哪裡？」

家禽婦看著他，漾起笑容。「當然可以，」她說，「你再往前走點路，就會看到低矮的綠色山丘，襯在天空前，又綠又低。那座山丘從底部到頂端，會有三個梯台環繞。繞著第一個梯台走，一面說：

『從裡頭打開；

放我進去！放我進去！』

然後繞著第二個梯台走，一面說：

『大大打開，大大打開，

讓我進來。』

再來繞著第三個梯台走，一面說：

『快快打開，快快打開，

讓我進來。』

接著會有一道門打開，讓你進入精靈世界國王的暗塔。千萬記得，務必逆著光走。如果背著光走，那扇門就不會開。祝你好運！」

家禽婦知無不言，笑容如此坦率，柴爾德．羅蘭一時忘了自己必須做什麼。他向老婦道謝，謝謝她的好意，正準備繼續上路，突然間想起了梅林的訓示，連忙抽出父親那把絕不揮砍落空的劍，砍下家禽婦的腦袋，那顆腦袋在玉米粒之間滾動，嚇壞了精靈世界國王的紅眼家禽。

之後他繼續往前走啊走，最後看到一座綠色圓丘，背後襯著藍天，山丘從頂端到底部，圍繞著三層梯台。

他按照家禽婦的囑咐做，並未忘記逆著光行走，從頭到尾讓陽光直射他的臉。

他繞著第三層梯台，說著：

「快快打開，快快打開，

讓我進來。」

話才說完，就看到山丘側面出現一扇門。門打開來，放他通行，然後在他背後喀噠一聲關上。柴爾德·羅蘭留在一片漆黑中，終於進到了精靈世界國王的暗塔裡。

起初非常陰暗，也許部分因為先前的陽光讓他一時目盲。不久之後，四周瀰漫著微光。雖然看不出光線從哪兒來，除非是透過牆壁和屋頂而來，因為那裡既沒有窗戶，也沒有蠟燭。但在黃昏般的光線中，可以看到從岩石開鑿出來的長長通道，上頭是粗糙的拱頂，這裡的岩石是透明的，表面則覆蓋著雲母、水晶和許多鮮豔的石頭。空氣很溫暖，在精靈世界向來如此。於是他在不知來源的微光中，不停往前走啊走，最後眼前出現兩道寬闊的門，門上都有鐵欄杆。但他的手才一碰，門就猛地打開，奇妙寬闊的大廳映入眼簾，感覺就像這座綠丘一樣長也一樣寬。比大教堂還寬大高聳的柱子支撐著屋頂，材質為黃金和白銀，上頭蝕刻著葉飾，柱子之間與周圍交織著花環。花環裡的花卉由鑽石、紅寶石、黃寶石所製成，配葉則是綠寶石。那些拱頂在屋頂中央匯聚，那裡以黃金鍊子，掛著一盞鏤空珍珠做成的巨型吊燈，顏色為雪白半透明。這盞吊燈中央有個巨型紅水晶，色澤如血紅，轉啊轉不停，將光線投至偌大廳堂的各個盡頭，感覺好似籠罩在夕陽餘暉中。

大廳末端有一張令人驚奇、神妙華麗的沙發，由天鵝絨、絲綢和黃金製成，上頭坐著美麗的柏德．海倫，正用一把黃金梳子，梳理一頭美麗的金髮。但她表情僵硬，面容憔悴，彷彿由石頭刻成！看到柴爾德．羅蘭的時候，她動也不動，以亡者般的語氣說：

「上帝憐憫你，可憐不幸的傻瓜！你來這裡做什麼呢？」

起初，柴爾德．羅蘭很想將眼前這個形似親愛妹妹的人摟進懷裡，但他想起偉大巫師梅林給他的訓示，於是拔出父親那把從未白白出鞘的劍，將視線移開那恐怖的景象，朝著受魔咒控制、美麗的柏德．海倫形體全力劈砍。

看哪！當他發著抖，害怕地轉頭望去，妹妹恢復了原本的模樣，喜悅中帶有恐懼。她緊緊摟住他，喊道：「噢，我最小的哥哥，你聽我說，你怎麼不好好待在家裡呢？即使你有一萬條命，也不能任意捨棄一條啊！你快坐下，我最最親愛的！噢，你出生於世真是不幸，等精靈世界的國王進來，你就萬劫不復了。」

妹妹笑中帶淚，讓他並肩坐在那張奇妙的沙發上，兄妹互訴這段時間以來吃過的苦頭和做過的事。他告訴妹妹，自己如何來到精靈世界，妹妹則告訴他，她當初怎麼人連影子一起被帶走，就因為她逆著陽光繞著教堂跑，還有哥哥們如何被施魔咒，彷彿死去一般，躺在墓穴裡，而她也變成行屍走肉，因為他們沒有勇氣完全遵照大巫師梅林的訓示，砍掉她的腦袋。

柴爾德．羅蘭之前走得又遠又急，現在飢腸轆轆，完全忘了巫師梅林的第二個訓示，開口跟妹妹要食物。而妹妹尚未完全擺脫精靈世界的魔咒，無法警告他這有多危險。她起身端來一只金盆，裡頭裝滿麵包和牛奶，只能愁容滿面望著他。

在那個時代，享用任何人提供的食物以前，禮貌上必須用眼神道謝。柴爾德．羅蘭正要將金盆湊到唇前，抬眼迎向妹妹的視線。

他隨即想起大巫師說過的話：「什麼都不能吃，什麼都不能喝，如果你在精靈世界裡喝一滴、吃一口，就再也見不到中土。」

於是他將碗砸到地上，正氣凜然站著，輕盈、青春又強壯，像是發下挑戰似地叫喊：

柴爾德・羅蘭

「喝的我一口也不會嚥下，吃的我一口也不會碰，直到柏德．海倫得到自由。」

旋即傳來一聲雷鳴似的巨響，有個聲音說：「咿，吼，唷，喂，我聞到了基督徒的血味。不管他是活還是死，我的劍都會讓他腦漿四濺。」

接著寬闊大廳的拉門頓時迸開，精靈世界國王像一陣暴風般走進來。對方長什麼樣子，柴爾德．羅蘭根本沒時間看明白，因為他勇猛一喊：「你這妖孽！有種就儘管放馬過來！」便抓著那把不曾失敗的劍，衝上前迎敵。

柴爾德．羅蘭和精靈世界國王激烈對戰，柏德．海倫看著他們，雙手緊揪，心懷恐懼和希望。

兩人激戰不休，直到柴爾德．羅蘭將精靈世界國王打得跪倒在地。此時國王喊道：「我認輸。在這場公平的對決中，你打敗了我。」

接著，柴爾德．羅蘭說：「如果你釋放我妹妹和哥哥們，讓他們脫離所有的法術和咒語，讓我們回到中土，我就饒你一命。」

雙方取得共識，精靈國王到一個黃金箱子那裡，取出一只小藥瓶，裡面裝滿了血紅色液體。柏德．海倫兩個哥哥有如死去一般，躺在兩個黃金箱子裡，精靈國王用這個液體抹了抹他們的耳朵、眼皮、鼻孔、嘴唇、指尖。

他們旋即活了過來，說先前靈魂出竅，脫離了軀體，但現在回來了。之後，精靈國王念了個咒，解開最後一點法術。三個兄弟和他們的妹妹，一起走過明亮恍若夕陽的巨大廳堂，穿過岩石開鑿出來、拱門粗糙的長長通道，岩石是透明的，表面覆蓋著雲母、水晶和許多鮮豔的寶石，那裡瀰漫著有如黃昏的微光。然後綠色山丘裡的那扇門打開，在他們背後喀噠關上。他們離開了精靈世界國王的暗塔，永遠不再回來。

他們才踏進白日的光線中，轉眼就發現自己回到了家。

但是美麗的柏德．海倫從此無比小心，在教堂那裡，絕不再逆著光繞行。

§ 豆知識

故事中尋找黑暗之塔的部分與《紅艾丁》相似。

「最年輕的才是最優秀的」這個公式是指，三個兄弟中兩個年長的都會失敗，而最小的弟弟最終會成功，這在民間故事中是相當熟悉的元素。而在冥界不能進食的禁忌出自希臘神話中波瑟芬妮的故事，這在民間故事中也相當常見。

這個故事具備相當的文學價值，布朗寧（Browning）曾有首詩名為《李爾王》，而莎士比亞的《李爾王》的瘋狂場景中，底下這幾句台詞，正是指《柴爾德．羅蘭》這個故事：

「羅蘭騎士來到黑沉沉的古堡前，

他說了一遍又一遍：

『呸，嘿，哼！我聞到了一股不列顛人的血腥。』」

後面這句恰巧呼應了故事中精靈國王的台詞。

最相似的故事還是約翰．彌爾頓（John Milton）的《酒神之假面舞會》（*Comus*）。同樣是兩兄弟在找尋妹妹，但跟柴爾德．羅蘭一樣拒絕進食的是女主人公，而被下咒的女主人公也同樣是透過將液體塗抹在身上來解除魔咒。彌爾頓很有可能曾接觸過這個故事的原型。世界上極少有民間故事可以衍生出這麼傑出的文學作品。

高譚那些聰明的男人

I 買羊

高譚[14]有兩個男人，一個要上諾丁漢的市集去買羊，另一個剛從市集回來，兩個人在諾丁漢橋上偶遇。

14 高譚村是英格蘭諾丁漢郡的一個村落。

「你要去哪裡？」從諾丁漢回來的那個男人說。

「欸，」要去諾丁漢的男人說，「我要去買羊。」

「買羊，」另一個男人說，「你帶牠們回家的時候，要走哪條路？」

「欸，」要去諾丁漢的那位說，「就帶牠們過這座橋啊。」

「以羅賓漢之名起誓，」從諾丁漢回來的男人說，「你不可以。」

「以瑪莉安之名起誓，」要到諾丁漢去的男人說，「我偏要。」

「不可以。」另一個男人說。

「我偏要。」

接著兩人都用竿子擊打地面，彼此對峙，彷彿兩人眼前正有一百頭羊似的。

「且慢，」一個說，「當心啊，免得我的羊從橋上跳下去。」

「我才不在乎，」另一個說，「牠們就是不能走這條路。」

「牠們偏要。」

接著另一個人說：「如果你再爭下去，我就揍你喔。」

「是嗎？」另一個人說。

兩人爭吵不休時，另一個來自高譚的男人牽著一匹馬，扛著一袋粗麥粉從市集回來，看到也聽到鄰居們針對羊的事情吵得不可開交，兩人面前明明一頭羊也沒有，於是說：

「啊，笨蛋！你們就是學不乖嗎？幫個忙，幫我把布袋放上我的肩膀。」

他們聽話照做，他走到了橋的另一頭，鬆開袋口，把粗麥粉全倒進河裡。

「好了，鄰居們，」他說，「我的袋子裡有多少粗麥粉？」

「欸，」他們說，「一點也沒有。」

「好了，說真的，」他說，「你們一點腦袋也沒有，竟然對著自己沒有的東西就吵起架來。」

這三個人哪個最聰明，請你自己判斷。

Ⅱ建籬笆擋布穀鳥

從前從前，高譚的男人想留住布穀鳥，這樣就可以一年到頭聽牠歌唱。於是他們在鎮中心建了一道圓形籬笆，然後抓了隻布穀鳥放進去，並說：「在裡頭唱一整年的歌吧，要不然不給你東西吃，也不給你水喝。」那隻布穀鳥一發現自己進了籬笆，就振翅飛走了。「真可惡！」他們說，「我們的籬笆建得不夠高。」

Ⅲ送起司上路

高譚有個男人要到諾丁漢市集去賣起司，下坡要到諾丁漢橋的時候，有塊起司不巧從袋子裡掉出來，咚咚滾下了山丘。

「啊，好傢伙，」男人說，「你可以自己到市集去嗎？那我就叫其他起司，一個接一個，跟在你後頭走。」於是他放下袋子，拿出起司，讓它們沿著山丘滾下去。有些滾進了這個樹叢，有些滾進了其他樹叢。

「我命令你們全都到市集附近跟我會合，」他嚷嚷。然後男人來到市集等著跟起司碰頭，他在那裡痴痴等到市集快打烊。然後到處去問朋友、鄰居以及其他人，有沒有看到他的起司往市集來。

「誰負責帶過來？」市集上有個人問。

「欸，就它們自己啊，」男人說，「它們很清

楚路怎麼走。該死。它們跑那麼快，恐怕都超過市集了。我相信它們現在一定都快到約克了。」於是雇了馬騎到約克去找根本不在那裡的起司。不過，直到今天，都沒人能告訴他，他的起司到底上哪去了。

IV 溺死鰻魚

耶穌受難日那天，高譚的男人們聚在一起，想決定該怎麼處理他們的白鮭魚、紅鮭魚、小鮭魚和其他鹹魚。他們互相商量，他們都同意這樣的魚該要丟進池塘（位於鎮中心），這樣明年可能會繁殖出小魚。於是手上有鹹魚的人都將魚丟進池塘。

「我有很多白鮭魚。」一人說。

「我有很多小鮭魚。」另一人說。

「我有很多紅鯡魚。」又一人說。

「我有很多鹹魚，全丟進池塘或池子裡，到了明年我們就可以跟領主過得一樣好。」

隔年初，那些男人走到池塘那裡要拿他們的魚，可是除了一條大鰻魚，什麼也沒有。

「啊，」他們都說，「都是這條鰻魚害的，因為牠把我們的魚都吃了。」

「我們該拿牠怎麼辦？」一個人對另一人說。

「殺了牠。」一個說。

「把牠碎屍萬段。」另一人說。

「不要吧，」又一人說，「把牠淹死算了。」

「好主意。」所有人都說。他們走到另一個池塘那裡，將那條鰻魚丟進去。「你就乖乖躺在那裡，自生自滅，我們誰也不會幫你。」然後離開，任由鰻魚溺斃。

V 送地租去

從前從前，高譚的男人們忘了付租金給地主。一人對另一人說：「明天該繳租金了呢，我們要找什麼送租金去給地主？」

一個人說：「今天我抓到一隻野兔，牠動作敏捷，可以帶租金過去。」

「好啊，」大家說，「那我們就附上一封信跟一個放租金的皮包，然後告訴野兔怎麼走。」信都寫好了，錢也放進皮包之後，他們將這兩樣東西綁在野兔的脖子上，一面說：「你先到蘭開斯特去，然後一定要去羅浮堡，我們的地主叫紐瓦克，替我們跟他問候一聲，這裡是要給他的租金。」

野兔一從他們手中離開，便沿著鄉村道路往前疾奔。有些人喊道：「你一定要先去蘭開斯特喔。」

「別煩野兔啦，」另一人說，「比起我們當中消息最靈通的人，牠更清楚走哪條路最快，由牠去吧。」

另一人說：「這隻野兔心思細膩，別煩牠。牠怕狗，

所以才避開了公路。」

VI 數數

有一回，有十二個高譚的男人去釣魚，有些走進水裡，有些留在乾燥的土地上。回程的時候，其中一人說：「我們今天有不少時間冒險涉水釣魚，我向上帝祈禱，回家的人當中沒人溺斃。」

「欸，」一人說，「我們來檢查一下。當初有十二個人一起出門。」每個人輪流數一遍，每次都數到十一個，總是少算了自己。

「天啊！」一人對另一人說，「我們當中有一個溺死了。」他們趕回原本釣魚的溪邊，悲痛逾恆，來來回回尋覓那個溺斃的人。有個朝臣騎馬路過，問他們在找

什麼，為何這麼悲傷。「噢，」他們說，「我們今天結伴來這條溪邊釣魚，本來有十二個人，有一個溺死了。」

「欸，」朝臣說，「你們現在有幾個人，數給我看看。」有個人數到十一，沒把自己算進去。「唔，」朝臣說，「如果我找到第十二個人，你們要拿什麼謝我？」

「先生，」他們說，「我們會把身上所有的錢都給你。」

「把錢給我吧。」朝臣說，然後從第一個開始，朝那人的肩膀猛打一下，那人痛得叫出聲。朝臣說：「一」。他輪流修理他們，他們全都痛得唉唉叫。數到最後一個的時候，他狠狠給了那個人一記，並說：「第十二個人在這裡。」

「願上帝祝福你，」所有的人說，「你找到了我們的鄰居。」

∞ 豆知識

據說是因為約翰國王打算行經高譚附近，為了不讓村子被徵收成道路，當皇家使者來訪時，村民裝傻賣蠢，做出各種荒謬的行為。

約翰國王的使者發現，有些村民把乳酪從山上滾下來，有些想把鰻魚淹死在水塘裡。因此他們相信這是個愚蠢的村莊，而這正是這個故事的由來。

燈心草帽

從前從前，當時世界還年輕，有層出不窮的奇事，有個非常富有的紳士，妻子早早過世，留給他三個秀麗的女兒。她們是他的掌上明珠，他深深愛著她們。

有一天，他想知道女兒有多愛他，於是對長女說：「妳有多愛我呢？我親愛的？」

她很得體地回答：「有如愛自己的生命。」

「非常好，我親愛的。」他說完便給她一個吻。接著對二女兒說：「妳有多愛我呢？我親愛的？」

她回答，迅如思考，「比起世上的任何東西都愛。」

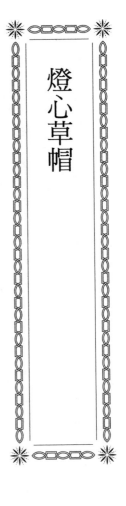

「好！」他回答，拍拍她的臉頰。然後轉向么女，她也是三個女兒當中最漂亮的。

「妳有多愛我，我最親愛的？」

么女不只漂亮，也很聰慧。她思索片刻，然後緩緩說：

「我愛您，就像新鮮的肉愛鹽巴！」

她父親一聽到這番話，勃然大怒，因為他愛她勝過其他女兒。

「什麼？」他說，「我對妳付出這麼多，卻得到這樣的回報。妳給我滾出去。」當場將她趕出她出生成長的家，當著她的面關上大門。

她不知道可以到哪裡去，於是到處流浪，最後來到一個廣闊的沼澤地區，那裡的蘆葦長得好高，燈心草就像玉米田一樣在風中搖曳。她在那裡坐下，用燈心草替自己編了件連身服和搭配的帽子，以便藏住自己的精美服飾和一頭美麗的金髮，金髮上到處串著奶白色的珍珠。她是個聰明的女孩，在這樣冷清的鄉間可能會碰上盜匪，而盜匪會為了這身精美的服飾和珠寶，奪走她的性命。

她花了好久時間才將衣袍和帽子編好，她邊編邊唱：「藏起我的頭髮，噢燈心草帽，藏住我的心，燈心草袍。當然！我的回答沒有錯，我對他的愛，勝過他對鹽的愛。」

沼澤的鳥兒停下來傾聽，然後啼唱應和：「燈心草帽，不哭不哭，燈心草袍，別怕別怕。如果妳父親覺得這話說得不對，那他肯定瞎了眼。」

完成之後，她套上燈心草衣袍，藏住一身華美的服飾，戴上帽子，掩住那頭美麗的髮絲，看起來就像普通的鄉下姑娘。但沼澤的鳥兒飛了開來，邊飛邊唱：「燈心草帽！燈心草袍！我們可以看出妳真正的模樣——美麗潔淨，細緻整齊。不管妳經歷什麼，這才是妳真正的模樣。」

到了這時，她已經飢腸轆轆。她漫無目標繼續往前走啊走，路上遲遲不見小屋或村子。夕陽西下的時候，她來到沼澤邊緣的一棟宅邸，大門相當精美。想到自己一身燈心草的簡陋裝扮，於是繞到房子後面，在那裡看到一個又壯又胖的洗碗傭人，臭著臉在刷洗鍋子。身為聰明的女孩，她猜到那個女僕需要什麼，於是說：

「如果能讓我借宿一晚，我會替妳刷這些鍋子。」

「欸！運氣真好，」洗碗女僕回答，喜出望外，「我正急著想跟我的心上人散步去。如果妳願意擔起我的工作，妳可以跟我分享床鋪，我的晚餐也會分妳吃。只是妳一定要把鍋子刷得乾乾淨淨，要不然廚子可會找我麻煩。」

到了隔天早上，湯鍋刷得清潔溜溜，簡直像是新的，燉鍋則亮得跟白銀似的。廚子對洗碗女傭說：「這些鍋子是誰洗的？我發誓絕對不是妳。」女僕只好實話實說。廚子打算辭退原本的女傭，改雇新的這位，但女孩怎麼都不肯答應。

「女僕很好心，讓我借宿一夜，」女孩說，「所以現在我會留下來，不領薪水，替她擔起這份苦差事。」

於是燈心草帽——她不肯透露其他名字，於是他們都這麼叫她——留下來，負責清理湯鍋、刷洗燉鍋。

恰好她主人的兒子成年了，為了慶祝這件事，他們要舉辦一場舞會，邀請鄰居來參加，因為這個年輕人舞藝高超，最喜歡民俗舞蹈。這場派對非常華麗，晚餐過後，所有的僕人都可以從宴會廳的迴廊那裡旁觀這些上流人士。

但燈心草帽不肯過去，因為她的舞藝也非常好，她擔心一聽到提琴奏起歡樂的吉格舞曲，自己就會忍不住跳起舞來。於是她找藉口不去，說她刷湯鍋洗燉鍋累壞了。其他人出發的時候，她悄悄爬上床去。

但是唉！真無奈！房門沒關好，她躺在床上可以聽見提琴手拉奏著琴，還有舞步的踩踏聲。

接著她起身摘掉燈心草帽、脫掉燈心草衣袍，又是一副華麗整潔的模樣。轉眼她就進了宴會廳，加入吉格舞的行列，沒人長得比她更美，沒人的裝扮勝過於她。至於她的舞技……！

主人的兒子立刻將注意力集中在她身上，優雅地行過禮之後，整晚餘下的時間只與她一人共舞。於是她盡情跳舞，整個宴會廳的人興奮難抑，企圖查明那個美麗年輕陌生人的身份。但她守口如瓶，在舞會結束前編了點藉口，悄悄離去。當她的僕從同仁上床就寢，她已經躺在床上，戴好燈心草帽、穿回燈心草衣袍，假裝睡得很熟。

不過，隔天早上，女僕們滿口都是那個美麗的陌生人。

「妳應該看看她的樣子，」她們說，「她是大家見過最美麗的年輕淑女，跟我們這些人天差地別。一頭金髮散放著珍珠的銀光——天啊！妳不會相信她打扮得有多美。少爺的視線片刻都離不開她。」

燈心草帽眸子亮了一下，但只是微笑並說：「我想看看她，但我想我永遠看不到。」

「噢，可以的，妳會看到的，」他們回答，「少爺已經下令今天晚上再辦一場舞會，希望她能再來跳舞。」

可是那天晚上，燈心草帽再次拒絕到迴廊那裡旁觀，說她洗鍋刷鍋累壞了。但當她又聽到提琴手彈奏，便對自己說：「我一定要再跳一次舞——跟少爺再跳一次就好：他跳得那麼好。」因為她很篤定，少爺會跟她共舞。

想當然耳，當她褪掉燈心草帽子跟衣袍，他就在門邊等著她過來，因為他決定只跟她一人跳舞。

他牽起她的手，兩人在宴會廳裡翩翩起舞。這個場面真是動人！從來不曾有人跳得這麼好！如此青春俊美，如此雅致，如此快活！

但燈心草帽再次三緘其口，找了點藉口，及時離去。她的僕人同仁上床就寢時，發現她已經在床上，假裝早已熟睡。但她臉頰潮紅，呼吸急促。她們說：「她在做夢呢，希望她都做些快樂的夢。」

但隔天早上，僕人們開口閉口都是她錯過了什麼。從來沒有像少爺那樣俊美的年輕紳士！從來沒有這般美麗的年輕淑女！從來沒有這麼美妙的舞蹈！其他人都停下舞步，專心觀賞。

燈心草帽眼眸亮一下並說：「我想看看她，可是我確定我永遠沒有機會了！」

「噢，有的！」她們回答，「如果妳今天晚上過來，就一定能看到她。少爺下令再辦一場舞會，希望那位美麗的陌生人能再過來，因為很明顯，他已經深深愛上她。」

燈心草帽告訴自己，不會再去跳舞，因為少爺愛上洗碗女傭不成體統，但，唉！她一聽到提琴手的演奏，就忍不住起身褪去燈心草衣帽，轉眼變得優雅整潔！那頭美麗的金髮甚至不用梳理！她轉眼來到宴會廳，跟少爺一起翩然起舞。少爺不曾將視線從她那裡移開，並懇求她透露身份。但她什麼都不多說，只告訴他，她永遠、永遠不會再來跳舞，此次之後就是永別。他緊緊握住她的手，她好不容易才掙脫。看哪！他的戒指一鬆脫，掉進她的手心！她上樓跑回臥房，才戴上燈心草帽、披好燈心草衣袍，共事的僕人們就魚貫走了進來，發現她醒著。

「都是因為你們上樓發出聲音。」她編了藉口，但她們說，「才不是我們呢！都是為了找那個美麗的陌生人，整個地方才鬧哄哄的。少爺試著挽留她，但她像條鰻魚似的溜走了。但他宣布非找到她不可，如果找不到，他會因為對她的愛而死。」

接著燈心草帽一笑。「年輕人不會因愛而死，」她說，「他會找到別人的。」

但是他並沒有。他將所有的時間都花在尋找那位美麗舞者上，但不管他到哪裡去，不管他問了誰，都打聽不到任何消息。日子一天天過去，他越來越削瘦，越來越蒼白，最後臥床不起。

管家來找廚子並說：「盡妳所能煮出最好的餐點，因為少爺什麼都不吃。」

接著廚子準備湯品、果凍、奶品、烤雞和麵包奶醬，但少爺依然什麼都不碰。

燈心草帽清洗湯鍋、刷淨燉鍋，什麼也沒說。

接著，管家哭著過來跟廚子說：「替少爺準備一點稀粥。也許他會願意吃。要是不吃，他就會因為對那個美麗舞者的愛而死。如果她看到他現在的樣子，一定會同情他的。」

於是廚子開始燉稀粥，燈心草帽放下正在刷洗的燉鍋，看著她。

「我來攪拌，」她說，「妳去食品儲藏室拿杯子。」

燈心草帽攪拌著稀粥，趕在廚子回來以前，將少爺的戒指偷偷放進去！

然後管家用銀托盤將盛粥的杯子端到樓上。但是少爺一看到，便揮手要他拿開，最後管家涕淚縱橫，求他多少嚐一點。

少爺拿起銀湯匙，攪了攪稀粥，感覺杯底有個硬硬的東西。一撈起來，看哪！是他自己的戒指！他在床上坐起身，大聲說：「叫廚子過來！」

廚子過來的時候，他問她粥是誰煮的。

「是我煮的。」她一半高興、一半害怕。

接著他上下瞧了她一遍，然後說：「不，不是妳！妳太壯了！老實跟我說是誰煮的，不會有人傷害妳！」

接著廚子哭了出來。「少爺，粥是我煮的，不過，有燈心草帽幫忙攪拌。」

「誰是燈心草帽？」年輕人問。

「先生，燈心草帽是洗碗女傭。」廚子抽噎。

接著年輕男子嘆口氣，躺回枕頭上。「叫燈心草帽過來這裡。」他用虛弱的聲音說，因為已經離死期不遠。

燈心草帽過來的時候，他只看了看她的燈心草帽和衣袍，便把臉轉向牆壁，但他以微弱的聲音問她，「妳從誰那裡拿到那個戒指的？」

燈心草帽看到可憐年輕人為了對她的愛，變得形銷骨立，她的心融化了，輕聲回答：

「是他給我的。」她說，然後褪去了燈心草帽和衣袍，露出一副雅致整潔的樣子，美麗金髮上串著珍珠，散放著銀光。

年輕人的眼角餘光瞥見她，力氣一來，在床上坐起身，將她拉向自己，送上一枚大大的吻。

當然，儘管她只是個洗碗女傭，他們還是打算結婚，她沒跟任何人透露自己的身份。遠遠近近的每個人都受邀來參加婚禮。燈心草帽的父親也是受邀的貴賓，他因為失去自己最愛的女兒，悲痛得瞎了眼睛，過得愁悶淒慘。但是身為這個家族的友人，他必須來參加少爺的婚禮。

這場婚宴的精緻程度將是前所未見，但燈心草帽去找她朋友，也就是廚子，並說：

「不管哪道菜餚，一點鹽巴都別放。」

「這種作法很罕見，也很不妥當。」廚子回答，但她當初讓燈心草帽攪拌稀粥，救了少爺一命，這點讓她很以自己為豪，於是言聽計從，婚宴上的每道菜餚一點鹽巴都不摻。

大家在桌旁坐下，滿臉笑容、心滿意足，因為所有的菜餚看起來賞心悅目也很美味，但客人才剛開始用餐，臉色便沉下來，因為沒有鹽巴，菜餚不可能可口。

燈心草帽的盲眼父親哭了出來，女兒正坐他旁邊。

「怎麼啦？」她問。

老人邊啜泣邊說：「我有個我很愛、很愛的女兒。我當初問她有多愛我，她回答說：『就像新鮮的肉愛鹽巴』。當時我大為光火，一氣之下將她趕出了家門，因為我以為她根本不愛我。可是我現在終於明白，她才是最愛我的。」

話才說完，他的視力就恢復了，而坐他旁邊的，正是美麗無比的女兒。

她一手牽住父親，另一手牽住丈夫，也就是少爺，然後笑著說：「我對你們兩個的愛，就像新鮮的肉愛鹽巴。」此後，他們全都過著幸福快樂的生活。

豆知識

這個故事的開頭令人想起《李爾王》。這屬於灰故娘變種故事之一，跟佩羅的《驢皮公主》尤其相似，本書收錄的《貓皮》也是其中之一。

在專門研究灰姑娘童話型態的英國民俗學家考克斯收集的資料中，《燈心草帽》就有二十六種變形，遍布義大利、瑞典、法國、西班牙、波蘭、德國、科西嘉島和比利時。這些故事中都包含「愛就像鹽巴」和女主人公的偽裝等橋段。故事的本質與《李爾王》的主要情節相同。一位父親誤解了他最小的女兒所表達的愛意，並將她趕出門。在經歷了許多冒險之後，她嫁給了一位年輕的國王或王子，誤會得到澄清，她與父親和解。

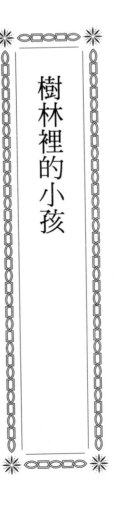

樹林裡的小孩

各位親愛的家長，請仔細琢磨我即將寫下的話語。你們即將聽到一則最終公諸於世的悲傷故事。不久前，諾福克住了一個頗有地位的紳士，為人光明磊落，遠遠超過地位與他同等的大多數人。

他得了重病，藥石罔效，即將離開人世。他妻子也病倒了，躺在他身旁。兩人打算合葬在同一座墓裡。他們一直善待彼此，兩人之間的愛不曾稍減分毫。兩人在愛中生活，也將死於愛之中，留下兩個小孩：一個是細緻漂亮的男孩，還不到三歲；另一個是女孩，年紀比男孩還小，長大也會是個標緻的美人兒。遺囑裡明明白白寫著，這父親留了財產給小兒子，等兒子長大成人，每年可以拿到三百鎊。另外留給小女兒珍五百鎊的黃金，在結婚那天作為嫁妝給她；只要珍在世，這項約定無人能推翻。但是如果這些孩子不到成年就離世，叔叔便可承繼他們的財富。

「弟弟，」垂死的男人說，「好好照顧我的寶貝孩子。請善待我的兒女，他們在這裡沒有別的朋友。我今天將我親愛的孩子交託給上帝和你。我們在人間的日子轉眼即逝。你一定要身兼父親、母親和叔叔的身份。等我走了，他們有什麼際遇，上帝都清清楚楚。」

他們摯愛的母親接著說：「噢，好心的弟弟，我們家孩子過得優渥或悲慘，全看你了。如果你細心守護他們，上帝會獎賞你的。但如果你不這麼做，你的所作所為，上帝都會看在眼裡。」他們以冰冷如石的嘴唇，吻了吻幼小的孩子。「親愛的孩子，願上帝保佑你們！」說完便潸然淚下。兄弟對這對病重的夫婦說：「照顧你們家孩子的事，親愛的姊姊，妳不用擔心。你們入土之後，要是我虧待你們親愛的孩子，上帝不會讓我或我家孩子，或我擁有的其他東西順遂成功！」

這對父母死後，他將孩子直接帶回他家，對他們呵護備至。他才照顧這兩個漂亮

孩子一年又一天，就為了他們名下的財產，動了邪念要除掉他們。

他跟兩個壯碩的凶神惡煞商量好，要他們將兩個年幼的孩子帶到林子裡殺了。他向妻子編了個謊言，說要把兩個孩子送到倫敦一個朋友那裡，讓他們在那裡成長。

兩個美麗的小孩為了這件事雀躍不已，想到能搭馬車就歡喜。他們坐著馬車，沿途對著即將痛下毒手殺害他們的人吱吱喳喳，討人喜歡地說個不停。他們的童言童語讓殺手心一軟，後悔接下這份差事。可是，其中一個心腸較硬，發誓說到做到，因為那個雇他的壞蛋付了不少錢。

另一人不同意，於是兩人為了是否留孩子活口而大打出手。在荒僻的林子裡，性情較溫和的那位，殺了另一個人，那些小孩怕得直發抖！

孩子們眼裡噙淚。他牽著兩個孩子的手，要他們跟著他走。孩子們忍住沒哭出來。他帶著他們兩個走了兩英里的路，他們說肚子餓了想吃東西，他說：「待在這裡別走，等我帶麵包回來給你們。」

這兩個漂亮的孩子手牽手，來來回回遊蕩，但是一直沒看到那個男人從鎮上過來。他們兩個摘了黑莓，吃得漂亮的嘴唇都染了色，看到夜幕低垂，席地坐下哭起來。這兩個可憐無辜的孩子就這樣繼續流浪，直到死亡中止他們的哀傷。他們因為遲遲等不到救援，最後死在彼此的懷中。沒人埋葬這對漂亮寶貝，最後有隻紅胸知更鳥虔誠地啣了樹葉過來，蓋住他們的遺體。

上帝的怒火重重降臨在他們叔叔身上。是的，駭人的惡魔纏擾著他的家，而他飽受良心折磨。他的倉庫起火，貨品被火吞噬，他的土地變得寸草不生，牲畜暴斃於田野上，他身邊的一切都無法久留。

在前往葡萄牙的旅程上，他的兩個兒子意外死了，他自己也落入貧困悲慘的境地。不到七年，他典當並抵押所有的土地，先前的惡行也隨之曝光。

當初接下殺害孩子任務的那個人，後來因為搶劫被判死刑，這就是上帝的旨意：他說出了真相，如同這裡所寫的。那個叔叔因債務入獄，最後死於牢中。

你們這些負責執行遺囑和看管無父孩子、溫順嬰孩的人哪，請以此為鑑，守護孩子的權益。免得上帝以這樣的慘境，報復你們的邪念。

豆知識

據民間傳說，這個故事發生在諾福克的韋蘭森林（Wayland Wood），故事中的叔叔住在附近的葛里斯頓（Griston Hall），而被謀殺的孩子亡靈會在韋蘭森林中出沒。

在蘭開夏郡的另一個版本是根據一三七四年發生的真實事件改編。當時「惡棍霍蘭德」非法奪取了十三歲的蘭利和他年輕新娘的土地。他們逃到附近的樹林中，直到被岡特的約翰（John of Gaunt）救出。

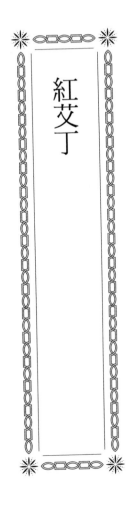

紅艾丁

從前有個寡婦，住在從農夫那裡租來的一小塊土地上。她有兩個兒子，時候到了，婦人要孩子離家闖蕩，尋找發跡機會。有一天她要大兒子拿個罐子到井裡取水，好讓她烤個糕餅給他。他提回的水是多是少，會影響那塊糕餅的大小。他上路去的時候，她能給他的也就只有這塊糕餅。

小伙子拿著罐子到水井那裡，裝滿了水之後回家來，但罐子是破的，所以大部分的水在他回來以前就灑在地上。於是他的那塊糕餅小不隆咚。但是，糕餅小雖小，母親問他，如果他願意只帶一半走，就會得到她的祝福，並且告訴他，如果他整個都要帶走，他只會得到她的詛咒。年輕人心想，路途遙遠，也不知何時才能或如何取得糧食，便說他想整塊帶走，不管母親會怎麼詛咒他。於是母親將整塊糕餅都交給他，連帶附上自己的詛咒。然後他把弟弟拉到一旁，將一把刀子交給弟弟保管到自己回來為止，希望弟弟每天早上都看看這把刀。只要刀子還乾淨明亮，就可以確定刀子主人平安無恙，但要是刀子黯淡生鏽，那他肯定遭逢了厄運。

年輕人出發去闖蕩。他那一天跟隔天都在趕路，到了第三天下午，他碰到跟羊群坐在一起的牧羊人。他走上前，問牧羊人這些羊是誰的。牧羊人回答：「是愛爾蘭紅艾丁的，他住在貝里干。他偷走了蘇格蘭馬爾坎國王的女兒，毆打她，捆縛她，讓她無法動彈。每天用亮銀色棍棒修理她。據說，有個人注定是他的死敵，但那個人肯定還沒出生，所以還有得等！」

說完以後，牧羊人要他小心接下來會碰到的野獸，因為牠們跟他先前見過的大不相同。

於是年輕人繼續上路，不久便看到一群駭人的恐怖野獸，有兩個腦袋，每個頭上頂著四隻角！他嚇得魂飛魄散，用最快的速度逃開。他來到座落於小丘上的城堡，牆上的

門大大敞開，他很高興。於是走進城堡尋求庇護，看到一位老婦坐在廚房爐火旁。他長途跋涉後疲憊不堪，問婦人能否借宿一夜。婦人說可以，但這裡並不適合他逗留，因為此地屬於紅艾丁。紅艾丁是個恐怖的三頭妖怪，只要能抓到活人，一概不放過。年輕人想離開，但又怕外頭的雙頭四角妖獸，於是懇求老婦盡可能將他藏好，不要告訴艾丁他人在這裡。他心想，只要撐過這一夜，明早就可以離開，不必碰上那些恐怖的妖獸，順利逃離此地。

但他才走進藏身的地方不久，可怕的艾丁就走進來，一進來就大喊：「聞聞門口！嗅嗅屋內！我聞到了人類的氣味，不管他是活還是死，我今晚都要拿他心臟替麵包調味。」

妖怪開始東尋西找，不久就找到那個可憐年輕人，將他從藏身處拉出來。妖怪告訴他，如果他答得出三個問題，就可以保住自己的性命。

頭一個腦袋問：「一個沒有盡頭的東西，是什麼？」

但年輕人不知道。

接著第二個腦袋說：「越小越危險的東西，是什麼？」

但年輕人不曉得。

第三個腦袋問：「死的扛著活的？這道謎題解看看。」

但年輕人解不開。

這些問題小伙子沒一個答得出來，於是紅艾丁從門後抄起木槌，猛敲他的腦袋，將他化為一根石柱。

發生這件事的隔天早晨，弟弟拿出那把刀子來看，痛心地發現刀刃轉成棕色，布滿鏽斑。於是告訴母親，這次輪到他出去闖闖了。起初母親不肯讓他去，但最後還是要他拿罐子去盛井水，好幫他做塊糕餅。於是他聽話去了。但當他帶著水回家，頭頂上有隻渡鴉要他快看，他看到罐子正在漏水。身為明白事理的年輕人，看到水流出來，便拿了黏土補好那些洞。回到家的時候，罐裡的水足以做出一塊大糕餅。母親要他拿一半糕餅加上她的祝福，他就這麼做了，而不是拿走一整塊糕餅配上她的詛咒。

他帶著母親的祝福踏上旅程。他走了很遠的路之後，碰上一位老婦，老婦問他能否分點糕餅給她。他說：「我很樂意」，所以他分了一片給她。接著那個老婦——她是個仙子，給了他一把魔杖，假使妥當小心使用，可能對他有所助益。她向他預告了許多他即將遇到的事，以及在各種情況中該如何回應。語畢，她轉眼消失蹤影。他繼續踏上旅程，最後碰到一個牧羊的老者。他問老者這些羊是誰的，答案是：「是愛爾蘭紅艾丁的，他住在貝里干。他偷走了蘇格蘭馬爾坎國王的女兒，毆打她，捆縛她，讓她無法動彈。每天用亮銀色棍棒修理她。但現在他的終點恐怕已經到來，死亡近在眉睫，因為我可以清楚看到，你就是他所有土地的繼承人。」

於是弟弟上了路，但是當他來到那些駭人恐怖妖獸站立的地方，並未停下腳步，也未拔腿逃開，而是大膽穿過牠們之間。有一頭妖獸怒吼著走過來，張大嘴巴要吞掉他，他用魔杖往牠一敲，牠立刻倒在他腳邊死去。不久他來到艾丁的城堡，發現大門關著，但他勇敢無畏地敲門，有人放他進去。坐在火邊的老婦人警告他恐怖艾丁的事，以及他哥哥的下場，但他並未因此畏怯，甚至連躲都沒躲。

妖怪進來的時候，跟之前一樣大喊：「聞聞門口！嗅嗅屋內！我聞到了人類的氣味，不管他是活還是死，我今晚都要拿他心臟替麵包調味。」

妖怪迅速找到了年輕人，要他往前一站，告訴他，如果答得出三個問題，就可以饒他一命。

頭一個腦袋問：「一個沒有盡頭的東西，是什麼？」

弟弟之前請吃糕餅的仙子跟他說過該怎麼回答，於是他答說：「碗。」

第一個腦袋眉頭一皺，但第二個腦袋問：「越小越危險的東西，是什麼？」

「橋。」弟弟說，相當迅速。

第二個腦袋和第二個腦袋都蹙著眉頭，但第三個腦袋問：「死的扛著活的？這道謎題解看看。」

聞此，年輕人立即答說：「船載著男人在海上航行。」

紅艾丁發現他的謎題都被破解了，便知道自己的魔力消失殆盡，於是試著要逃離，但年輕男人舉起斧頭，砍下妖怪的三個腦袋，然後要老婦帶他去找國王女兒躺臥的地方。老婦帶他上樓，打開好多道門，每道門後面都走出一個美麗的仕女，她們之前都受到紅艾丁的囚禁。最後出現的是國王的女兒。接著老婦帶他到樓下的房間去，那裡立著一根石柱，但他只消用魔杖一碰，哥哥轉眼活了過來。

那些被囚的人因為獲救而大喜過望，向弟弟再三致謝。隔天他們一起啟程，一行人浩浩蕩蕩回到國王的宮廷。國王將女兒嫁給解救她的青年，並將一位貴族女兒許配給他哥哥。

他們後半生都過著幸福快樂的生活。

∽ 豆知識

大約一五四八年，蘇格蘭著作《蘇格蘭申訴人》（*The Complaynt of Scotland*）便提到過這個故事。

故事中的「死亡標記」，在兩兄弟故事中也相當常見。在某些版本中，是三兄弟而非兩兄弟。

魚和戒指

從前從前有個男爵，他也是法力高強的魔法師，透過法術和咒語，可以得知任何時間會發生的每件事。

男爵有個小兒子出生了，往後會是他所有城堡和土地的繼承人。小男孩大約四歲的時候，男爵想知道兒子的未來，於是翻了翻命運之書，想看看裡頭預言了什麼。

看哪！裡頭寫著這個備受疼愛與珍惜的孩子，雖然即將繼承所有的城堡和土地，卻會跟一個出身卑微的姑娘結為連理。男爵一時驚慌，於是以更多法術和咒語，開始著手調查，看看這姑娘是否已經出生，如果是，又住哪裡。

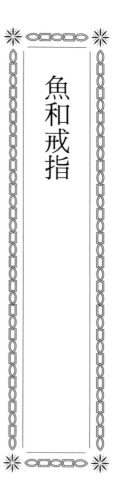

他發現女孩剛剛出生在貧寒的家庭中，那對窮困的父母早已背負了養育五個孩子的重擔。

於是男爵叫人帶馬過來，一直騎到那個貧窮男人的家。他發現男人坐在門前階梯上，坐困愁城。

「怎麼啦，我的朋友？」他問。窮男人回答：「大人，我們家剛生了個小女孩，原本就有五個孩子嗷嗷待哺，不知道去哪拿麵包，來餵飽第六張嘴。」

「如果那是你們的困擾，」男爵立刻說，「也許我幫得上忙，別這麼喪氣。我正好在找個小女孩，當我兒子的玩伴。如果你們願意，我拿十克朗[15]跟你們交換。」

男人高興得差點跳起來，因為他不只可以拿到不少錢，女兒——他以為——還可以到好人家去生活。於是當場抱那個嬰孩出來，男爵用斗篷裹住嬰兒，騎馬揚長而去。但當他騎到河邊，卻將這個小東西丟進暴漲的河流裡，快馬趕回城堡的路上，自言自語說：「命運閃開！」

15 克朗（Crown）的價值是二十五便士。

他真是錯得離譜，因為那個小嬰兒並未沉下去。水流湍急，長長的衣服讓她得以浮在水面上，直到卡在斷枝那裡，而對面正好有個漁夫在補漁網。

漁夫和妻子膝下無子，一直渴望能有個寶寶。當那個好人看到這個小娃兒，喜不自勝，帶她回家給妻子，妻子敞開雙臂熱烈歡迎。

女孩在漁夫家成長，是夫婦倆的掌上明珠，長成了美若天仙的姑娘。

她十五歲左右，男爵和朋友沿著河岸去打獵，在漁夫的小屋停下來喝水。他們以為端水出來的女孩，是漁夫親生的女兒。

這群人的青年們都注意到她的美貌，一人向男爵說：「她應該會嫁得不錯，既然你這方面那麼博學，算算她的命運給我們聽吧。」

男爵幾乎沒正眼看她，漫不經心說：「我可以猜到她的命運。她會找個鄉巴佬嫁了。但為了逗你們開心，我用星象替她算個命，告訴我，女孩，妳是哪天生的？」

「我不曉得，先生，」女孩回答，「我是十五年前左右從河裡被撈起來的。」

男爵臉色刷白，因為他立刻猜到這就是他當年丟進河裡的女娃。命運比他更強大。但他默不作聲，什麼也沒透露。不過，事後他想了個計畫，騎馬回去，拿了封信給女孩。

「妳好啊！」他說，「我替妳帶來了好運，把這封信帶到我哥哥那裡，他家裡需要雇個好女孩，這樣妳這輩子就不愁吃穿了。」

漁夫和妻子年紀漸長，家計需要有人幫忙，於是女孩接過信來，說她願意去。男爵騎馬回到城堡，再次對自己說：「命運閃開！」

其實他在信裡寫了：「親愛的哥哥，

留住捎信的人，立刻處她死刑。」

但他再一次錯得離譜。因為前往他哥哥所住城鎮的路上，女孩不得不在一間小客棧停留。那晚，一幫盜匪闖進了客棧，掠奪客棧主人擁有的一切，他們還不滿足，還搜查住客的口袋，發現了女孩隨身攜帶的那封信。他們讀了信，都覺得這伎倆卑鄙可恥極了。於是他們的頭頭坐下來，拿了筆跟紙，改寫成：

「親愛的哥哥，

留住捎信的人，立刻將她嫁給我兒子。」

將信箋放進信封，封好之後，交給女孩，要她上路。當她抵達城堡，雖然伯爵的哥哥相當詫異，但還是下令籌備婚宴。伯爵的兒子目前正住在伯伯那邊，看到女孩的絕世

美貌，沒有任何異議。於是兩人很快成了婚。

消息傳進耳裡，男爵非常激動，但他下定決心不受命運擺布。於是立刻策馬趕往哥哥家，佯裝相當欣喜。接著有一天，當附近沒人的時候，他邀年輕新娘一起散個步。接近懸崖的時候，他一把揪住女孩，準備將她推進海裡。但女孩苦苦哀求他手下留情。

「這不是我的錯，」女孩說，「我什麼都沒做，都是命運使然。可是如果你能饒我一命，我發誓我也會對抗命運。除非你願意，否則我永遠不會再見你或你兒子。這樣對你來說也比較穩當，因為你看，大海也可能保護我，就像河流當初做的那樣。」

男爵同意了。他摘下手上的金戒，拋下懸崖，落入海裡，並說：

「等妳可以拿那枚戒指給我看以前，別在我面前出現。」

語畢便放她走了。

女孩四處流浪，最後來到一個貴族的城堡。那裡的廚房恰好需要女僕，於是她成了廚房女傭，她在漁夫的小屋就很習慣這類的工作。

某天，她正在清理一條大魚，望向廚房窗外，駕著馬車前來參加晚宴的正是男爵和他年輕兒子，也就是她丈夫。起初她以為，為了遵守諾言，她必須躲得遠遠的，但後來轉念一想，她人在廚房，他們根本看不見，於是繼續清理那條大魚。

看哪！她看到魚肚裡有個東西在發亮，正是男爵的戒指！看到戒指，她開心得不得了，於是將戒指套在拇指上，但繼續埋頭工作，盡可能將魚料理好，用歐芹醬加奶油調味，做出秀色可餐的菜餚。

這道魚端到餐桌上時，賓客非常喜歡，問主人是誰料理的。主人召喚僕人們：「叫煮了這道好魚的廚子過來，她可以得到獎賞。」

女孩聽到主人找她，便將自己打扮妥當，拇指戴著那枚戒指，大膽無畏走進餐室。

所有的賓客看到她的時候，都因為她的天仙美貌而驚奇不已。年輕丈夫歡喜地站了起來，但男爵認出她，氣沖沖跳起來，一副想取她性命的狠樣。女孩一語不發，只是舉起手讓他看，金戒指發出閃光，然後直接走到男爵跟前，將戴著戒指的手，貼在他眼前的餐桌上。

接著男爵明白，命運對他來說太過強大，於是他執起她的手，讓她在身旁坐下，並轉身對所有賓客說：

「這位是我兒子的妻子，大家喝杯酒向她致意吧。」

晚餐過後，他帶著她和兒子回到他位於城堡的家，從此以後，一起過著幸福快樂的生活。

∽ 豆知識

故事中「殺掉送信人的信」這個橋段可以追溯至荷馬。

這個故事是女性版的「生來當王」，這個情節可以在威廉·莫里斯的《塵世天堂》（*The Earthly Paradise*）中見到。

這個浪漫故事有個拜占庭版本，名為《君士坦丁堡皇帝》（*Constant the Emperor*），是君士坦丁堡這個名字的民間詞源。這個故事很可能因此從拜占庭傳到法國和英國，並在斯特普尼（Stepney）與約克（York）本土化。

莫莉胡皮和雙面巨人

從前從前有一對夫妻，家境清寒。他們生了好多孩子，卻沒有足夠的食物可以餵飽他們，最小的三個孩子是女生。有天這對夫妻帶著這幾個孩子到森林去，將她們留在那裡，任她們自生自滅。

最大的兩個女孩平凡無奇，她們哭了一下，心生恐懼，但最小的那個女孩膽量過人，她叫莫莉胡皮，要姊姊們不要絕望，試著找找看有沒有房子可以讓她們借宿一夜。

於是她們出發穿過森林，繼續往前走啊走，但遲遲不見任何房子。天色開始暗下，姊姊們因為飢腸轆轆而頭暈腦脹，連莫莉胡皮都開始滿腦子晚餐。最後，她們在遠處看到大大的亮光，趕緊往那裡走去。等到距離夠近的時候，看出光線來自一棟巨大房子的大窗。

「這一定是巨人的家。」兩個姊姊說，怕得渾身發抖。

「就算裡面有兩個巨人，我也要吃晚餐。」莫莉胡皮說，膽大無畏，敲響了巨大的屋門。巨人的妻子開了門，莫莉胡皮請她提供食物並收留她們一夜的時候，她搖了搖頭。

「要是我答應，妳們到時會後悔的，」她說，「我丈夫是巨人，等他回到家，肯定會把妳們都殺了。」

「可是如果妳馬上給我們晚飯，」莫莉胡皮很有技巧地說，「我們會趕在巨人回到家以前吃完。我們現在餓壞了。」

巨人妻子心地並非不好，況且她三個女兒年紀就跟莫莉胡皮和姊姊們相仿，正開心地扯著她的裙子。於是她讓女孩們進屋裡，讓她們坐在火爐邊，並且給她們每人一碗麵包和牛奶。她們才開始大口享用，屋門就猛地打開，可怕的巨人闊步走進來，說：「咿，吼，唷，喂，我聞到人類的氣味。」

「不要管她們啦，我親愛的，」巨人妻子說，試著打圓場，「你自己看看嘛，她們只是三個可憐的小姑娘，就像我們家孩子。她們又冷又餓，我分了點晚餐給她們，她們答應吃飽就離開。當個好巨人，別碰她們。她們是來作客的，你可別亂來！」

這巨人個性並不光明磊落。他是個雙面巨人，於是只是「嗯哼！」一聲。然後說，既然來都來了，乾脆留下來過夜，可以跟三個女兒一起睡。他吃完自己的晚餐之後，表現得和藹可親。他自己的三個女兒戴了金項鍊，於是用乾草編成環圈，給三個陌生小孩戴在脖子上。接著祝她們一夜好夢，並送她們上床就寢。

天啊！他真是個雙面巨人！

但三個女孩裡年紀最小的莫莉胡皮，不只勇敢也很聰明。上床就寢後，她並未像其他人那樣呼呼大睡，而是清醒躺著，想了又想，最後悄悄起身，摘掉自己和姊姊們的乾草環，套在食人怪女兒的頸子上，再把她們的金項鍊掛到自己和姊姊們的脖子上。

即使這樣，她也沒入睡，而是靜靜躺臥，等著看自己料想得對不對，確實是！三更半夜，其他人都已入睡，外頭一片漆黑，巨人偷偷摸摸走進來，伸手去摸乾草環，在戴的人脖子上用力一扭，將自己的女兒勒到半死，再將她們拖到地板上，打到她們斷氣為止。他心滿意足，鬼鬼祟祟回到自己床上，自認非常高明。

但他可不是莫莉胡皮的對手。她立刻叫醒姊姊們，要她們保持安靜跟著她走。她們溜出了巨人的家，拔腿跑到黎明破曉，發現眼前有另一棟大房子。四周有條又寬又深的護城河，一座吊橋橫跨這條河。但吊橋拉了起來，旁邊掛著一條單索繩，上頭只有腳步輕盈的人走得過去。

莫莉的姊姊們不敢嘗試，而且她們說，搞不好那棟房子是另一個巨人的，最好不要靠近。

「試試看嘛。」莫莉胡皮笑著說，轉眼跨過了那座細繩橋。原來那裡不是巨人的家而是國王的城堡。被莫莉擺了一道的巨人，是全國上下恐懼的對象。之所以收起吊橋，就是為了防範巨人這個禍害，也是搭建這條單繩橋的緣由。當哨兵聽了莫莉胡皮的故事，便將她帶到國王面前並說：「陛下！這裡有個小姑娘，騙過了巨人！」

國王聽完故事之後說：「莫莉胡皮，妳是個聰明姑娘，妳處理得很妥當。如果妳可以表現得更好，偷走巨人的劍——他的力量有部分就在裡面，我就將妳大姊許配給我的大兒子。」

莫莉胡皮覺得，這種安排對姊姊來說非常好，於是說她會試試。

那天傍晚，她獨自一人跨越單繩橋，跑了又跑，最後來到巨人的家。太陽正要下山，夕陽餘暉照著巨人的家，美麗得讓莫莉胡皮覺得像是西班牙的城堡，幾乎不敢相信裡頭住了個可怕的雙面巨人。不過，她知道他就住在這裡，於是悄悄溜進屋子，偷偷上樓到巨人的房間，溜到床鋪後面。巨人回家，吃了頓豐盛的晚餐，砰砰上樓來睡覺。莫莉動也不動，屏住呼吸。過一陣子之後，巨人睡著了，不久便開始打鼾。莫莉從床下悄悄溜出來，輕手輕腳爬上了被單，爬過了他打呼的大臉，抓住了掛在上頭的那把劍。但是哎呀！她急著跳下床的時候，劍刃在劍鞘裡撞出了聲響。噪音吵醒了巨人，他跳起來追在莫莉後面，她拚死命狂奔，肩上扛著那把劍。他狂追，她猛跑，兩人不停往前衝刺，最後來到那條單繩橋。她輕盈靈巧地衝了過去，捧著劍保持平衡，但巨人沒辦法。於是他停下腳步，氣得口吐白沫，對著她的背影呼喚：

「妳要倒大霉了，莫莉胡皮！看妳還敢不敢再過來！」

她快步衝過單繩橋的時候，轉過頭，快活笑道：

「再兩次，笨蛋，我會再到西班牙城堡去！」

莫莉將劍交給國王，國王實現承諾，讓大兒子娶了她大姊。

但結婚慶典過後，國王再次對莫莉胡皮說：

「妳真是個聰明的姑娘，莫莉，妳處理得很不錯，但是如果能更上一層樓，偷走巨人的皮包——他的力量有一部分蘊藏其中，我就讓我的二兒子跟妳二姊結婚。但妳必須要當心，因為巨人睡覺的時候，會把皮包壓在枕頭底下！」

莫莉胡皮心想，這種安排對她二姊來說再好也不過，於是說她會去碰碰運氣。

於是那天傍晚，夕陽西下時，她拔腿奔過單繩橋，跑了又跑，最後來到巨人的家。巨人的家紅中帶金，閃閃發亮，好似空中的城堡。她幾乎不敢相信裡面住的是個可怕的雙面巨人。不過她心知實情如此，於是悄悄溜進那棟房子，偷偷走到巨人的房間，爬進巨人的床鋪底下。巨人回家來，吃了頓豐盛的晚餐，然後砰砰爬上樓去，不久便打起呼來。莫莉胡皮從床底下偷偷爬出來，悄悄爬上被單，朝枕頭底下伸出手，抓住了那個皮包。但巨人的腦袋壓在枕頭上沉甸甸的，她得扯了又扯。最後終於拉了出來，她往後摔下了床畔，皮包迸開來，有些錢哐啷啷掉出來。噪音吵醒巨人，她只來得及把錢從地上抓起來，他就追了過來。他們跑了又跑，跑了又跑！最後她來到單繩橋，一手抓著皮包，另一手抓著錢，衝過那條橋。巨人只能對著她空揮拳，大聲嚷嚷：

「妳要倒大霉了，莫莉胡皮！看妳敢不敢再跑來！」

她轉頭快活笑道：

「還有一次，笨蛋，我會再到那座西班牙城堡去。」

她將皮包交給國王，他下令替二兒子和她二姊舉行盛大的婚宴。

但是婚禮過後，國王對她說：

「莫莉！妳真是全世界最聰明的姑娘，可是如果妳可以再做得更好，替我將巨人手上的戒指偷來，他的力量全部藏在其中，我會將妳許配給我最親愛、年紀最小也最俊美的兒子。」

莫莉心想，國王的兒子是她所見過最棒的年輕王子，於是說她會試試看。那天傍晚，她獨自一人衝過單繩橋，輕盈得有如羽毛，然後跑啊跑，最後抵達巨人的家。紅色夕陽映亮了巨人的家，恍若空中的城堡。她偷偷溜了進去，悄悄上樓，轉眼爬進床底下。巨人回到家來，吃過晚餐之後，砰砰上樓睡覺，不久便打起鼾來。噢！他的鼾聲前所未有地大！

可是你知道他是個雙面巨人，搞不好他是故意發出更大的鼾聲。莫莉胡皮才開始扯

他的戒指……天啊……！

他用拇指和食指緊緊捏住她，在床上坐起身，對著她搖腦袋，並說：「莫莉胡皮，妳是個冰雪聰明的姑娘！如果我對妳做出這麼多妳對我幹下的壞事，妳會怎麼樣對我？」

莫莉想了一下，然後說：「我會把你放進布袋裡，還會放一隻貓跟一隻狗進去，然後再放一根針和線，還有一把剪子，然後把你掛在一根鐵釘上。再來到樹林去，砍下我能找到最粗的樹枝。最後回家來，將你從鐵釘上拿下來，砰、砰、砰，用力打，打到你死翹翹為止。」

「就這麼辦！」巨人開心嚷嚷，「我就要這樣對付妳！」於是巨人拿了個布袋，把莫莉、狗和貓一起塞進去，加上針、線、剪子，接著把她掛在牆壁的鐵釘上，走進樹林挑樹枝。

接著莫莉胡皮開始哈哈大笑，狗跟著汪汪吠，貓一起喵喵叫。巨人的妻子坐在隔壁房間，聽到這陣騷亂時，走進去查看狀況。

「這是怎麼回事？」她說。

「沒事，女士，」莫莉胡皮在布袋裡頭說，狂笑不停，「呴、呴！哈、哈！如果妳能看到我們看到的東西，妳也會笑個不停。呴、呴！哈、哈！」

不管巨人妻子怎麼哀求，莫莉都不肯透露她看到了什麼，她的回答永遠是，「呴、呴！哈、哈！要是妳能看到我看到的就好了。」

最後巨人妻子求莫莉讓她看看，於是莫莉拿了剪子，在布袋上剪個洞，跳出來，扶巨人妻子進去，然後將那個洞縫起來！她當然沒忘了把針線帶出來。

就在那一刻，巨人暴衝進來。他奔向布袋時，莫莉差點來不及躲進門後。他將布袋扯下來，開始用他在樹林裡砍下的大樹，死命擊打。

「住手啊！住手！」他妻子喊道，「是我啊！是我！」

可是他聽不到，因為狗和貓翻來覆去，又是低吼又是噴氣，大喊和尖叫，發出前所未有的聲音，簡直震耳欲聾！要不是因為巨人瞧見莫莉胡皮拿著他留在桌上的戒指逃跑，巨人會繼續把妻子打到斷氣。

他拋下那棵樹，追了上去。真是一場驚心動魄的追逐。他們跑了又跑，跑了又跑，最後來到單繩橋。莫莉胡皮將那個戒指當成呼拉圈，用來平衡自己，拔腿衝過那條橋，輕盈如羽毛。但巨人只能站在另一側，對著她搖拳吶喊，聲音大得前所未聞：

「妳要倒大霉了，莫莉胡皮！看妳敢不敢再跑來！」

她一面衝刺一面回頭，開懷笑道：

「不會了，笨蛋，我再也不會去那座空中城堡！」

她將戒指交給國王，然後與英俊的年輕王子結為連理，再也沒人見過那個雙面巨人。

豆知識

這個故事一開始的主調跟佩羅的《小拇指》（*Hop-o'-My-Thumb*）是一樣的。夜晚換裝在希臘神話中也有類似的橋段。

這個故事源自於凱爾特傳說。

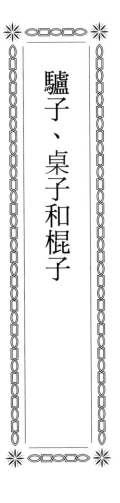

驢子、桌子和棍子

有個叫傑克的青年飽受父親的苛待，在家裡過得非常不快樂，決心離家出走，到廣闊的世界尋找發跡機會。

他跑了又跑，直到跑不動為止，這時不巧撞上了一個矮小的老婦人，她正在蒐集斷枝。他喘不過氣，沒有開口道歉，但婦人性情溫和，說他這人看起來頗有前途，願意雇他當僕人，到時會付他豐厚的薪水。他同意了，因為他飢腸轆轆。她帶他回到樹林裡的家，他在那裡服侍她一年又一天。一年過去以後，她將傑克喚到跟前，說要付他優渥的薪水，從馬廄裡牽出一頭叫奈迪的驢子。只要扯扯驢子耳朵，讓牠發出「咿唷！」的叫聲，只要這麼一叫，驢嘴就會掉出六便士銀幣、半克朗硬幣和金幣。

傑克滿意自己拿到的酬勞，騎著驢子離開，最後抵達一間客棧。不管吃的喝的，每樣他都點最好的，但客棧主人堅持要他先付費，否則拒絕服務他。於是小伙子到馬廄去，拉了拉驢子耳朵，拿到了滿口袋的錢。主人透過門縫全都看在眼裡。夜晚降臨，主人拿自己的驢子偷偷換了屬於這青年的珍貴奈迪。傑克不知道事情起了變化，隔天早上騎著驢子回到父親家。

我一定要告訴你，他家附近住了個窮寡婦和她女兒。這個青年和那個姑娘不只是好友，也是真心誠意的戀人。傑克回到家的時候，請求父親允准他和那個女孩結婚。

「等你有錢養她再說。」父親回答。

「沒問題，父親。」傑克說，走去驢子那裡拉拉牠的長耳朵。他拉了又拉，直到一根驢耳斷在他手裡，但驢子雖然咿唷、咿唷叫個不停，卻沒吐出半克朗或金幣。父親抄起乾草叉，打得兒子逃出家門。

傑克拔腿跑了又跑，跑個不停，最後敲響了一扇門。門猛地打開，他走進木匠的舖子。「你看起來滿有前途的，小伙子，」木匠說，「在我這裡工作個一年又一天，我會

付你豐厚的酬勞。」他同意了，替木匠工作了一年又一天。「好了，」老闆說，「我要給你酬勞了。」然後拿了張桌子給他，告訴他，只要說：「桌子，擺滿。」桌面會立刻放滿吃的跟喝的。

傑克將桌子扛在背上離開，最後來到那家客棧。「唔，老闆，」他喊道：「幫我上晚餐，要最好的。」

「非常抱歉，先生，」主人說，「店裡除了火腿和雞蛋，沒別的了。」

「我才不要火腿和雞蛋！」傑

克嚷嚷，「我可以吃到更好的——來吧，我的桌子，擺滿。」

桌面立刻出現火雞、臘腸、烤羊肉、馬鈴薯和綠葉蔬菜。客棧主人瞪大雙眼，但一聲也不吭！那天晚上，他從閣樓拿了張跟魔法桌很相像的桌子下來，偷偷調了包。傑克毫不知情，隔天早上便扛著那張沒用的桌子回家。

「好了，父親，我可以娶我的姑娘了嗎？」他問。

「除非你養得了她。」父親回答。

「看這邊！」傑克嚷嚷，「父親，我這張桌子會聽我的指令辦事。」

「讓我瞧瞧。」老人家說。青年將桌子擺在房間中央，令它擺出滿席的餐飲，但一切終究是徒勞，桌面一直光禿無物。一怒之下，父親從牆上抓下長柄暖床器，朝兒子的背上燙去。青年痛得哇哇叫，逃出了房子，跑了又跑，最後來到一條河，跌跌撞撞跳進去降溫。一個男人將他拉出來，要他幫忙把樹架在河流上，充當一座橋。傑克爬到樹頂上，用全身的重量往下施壓，好讓男人將樹連根拔起，傑克和樹頭一起落在對面的河岸上。

「謝謝，」男人說，「你出力幫忙，我要給你回報」。他說著便從樹上扯了根枝椏下來，用刀子削成棍棒。「好了，」他說，「這根棒子給你，你只要對它說：『起來，棒子，用力打』，它就會把任何惹怒你的人打倒。」

青年拿到這根棍子，喜出望外，因為他開始明白自己被客棧主人騙了，於是帶著棍子到客棧去。主人一出現，他便喊道：「起來，棒子，用力打！」

一聽到這句話，棍子立刻從傑克手中飛出去，痛打那老男人的背，猛敲他的腦袋，打得他手臂瘀血，狠狠戳他的肋骨，最後他趴倒在地嗚嗚呻吟。棍子依然繼續擊打倒臥在地的男人，傑克一直到拿回被偷的驢子和桌子，才叫棍子停手。接著傑克肩扛那張桌子、手握那根棍子，騎著驢子疾馳回家。到家時卻發現父親已經過世，於是將驢子牽進馬廄，扯了扯驢耳，直到整個馬槽裝滿錢幣。

傑克成了富人、衣錦還鄉的消息轉眼傳遍了這座城鎮，鎮上的姑娘個個對他暗送秋波。

「好了，」傑克說，「我要娶這地方最有錢的姑娘，所以明天妳們都用圍裙兜著自己的錢，來到我家前面。」

翌日早上，整條街都是女孩，她們撩起圍裙，兜著金子和銀子過來。傑克的心上人也在其中之列，但她既沒有金子也沒有銀子，只有兩枚便士銅幣。她就只有這些。

「站到一邊去，姑娘，」傑克對她說，粗聲粗氣，「妳沒銀子也沒金子——跟其他人分開站。」她聽話照做，淚水淌下臉頰，頻頻滴在圍裙上。

「起來，棒子，用力打！」傑克嚷嚷。棍子馬上彈起來，沿著那排女孩一路揮打，她們的腦門都吃了一記，一個個昏倒在路面上。傑克將她們的錢全都拿走，倒進他真愛的懷裡。

「好了，姑娘，」他說，「妳是這裡最有錢的一個，我要娶妳進門。」

§ 豆知識

這個故事有個約克郡東區的版本是，故事裡變成氏三兄弟一起去冒險。愛爾蘭版本則是有《三件禮物》（*The Three Gifts*）、《瓶山傳奇》（*The Legend of Bottle Hill*）。

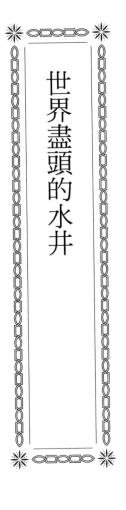

世界盡頭的水井

從前從前有個女孩，那是個美好的年代，雖然不在我的時代，也不在你的時代，更不在任何其他人的時代。她母親過世了，父親再婚。繼母很討厭這個女孩，因為女孩比她還美。繼母對女孩殘忍無情，總要她做僕人的工作，從不讓她享有一絲平靜。最後，有一天，繼母考慮完全除掉她，於是遞了個篩子給她並說：

「去吧，到世界盡頭的水井去，拿這篩子盛滿水，帶回來給我，不然妳就慘了。」她覺得女孩永遠找不到世界盡頭的水井，即使找得到，又怎麼用篩子盛滿水帶回來。

女孩啟程上路，逢人便問世界盡頭的水井在那裡。但沒人知道，她不曉得該怎麼辦，這時有個古怪矮小、直不起腰的老婦人替她指路，告訴她怎麼過去。於是她照老婦人說的做，最後抵達了世界盡頭的水井。但當她將篩子放進冰冷無比的水裡一撈，水總是漏得一滴不剩。她試了又試，但每次都一樣。最後她坐下來哭得彷彿心要裂開。

突然間她聽到一個粗啞的聲音，抬起頭便看到雙眼鼓突的大青蛙，正望著她並對她說：

「怎麼啦，親愛的？」青蛙說。

「哎呀！哎呀！」她說，「繼母要我走好遠好遠的路，來世界盡頭的水井這裡，用這個篩子盛滿水，可是我根本辦不到。」

「唔，」青蛙說，「如果妳答應我，整個晚上都聽我的指令做事，我就告訴妳怎麼用這篩子盛滿水。」

女孩同意了，青蛙說：「用苔蘚塞住縫隙，再抹上黏土，就可以好好盛水了。」接著牠一蹦一跳，噗通躍進世界盡頭的水井裡。

女孩四下張望找苔蘚。先在篩子底部鋪了苔蘚，再抹上黏土，然後再度將篩子浸入世界盡頭的水井。這一次，水並未流光，她轉身要離開。

381 世界盡頭的水井

就在那時，青蛙從世界盡頭的水井探出腦袋，並說：「記得妳的承諾喔。」

「好。」女孩說。她暗想，「青蛙又能帶來什麼傷害？」

於是她回到繼母那裡，奉上裝滿世界盡頭井水的篩子。繼母怒火中燒，但默不作聲。

那天傍晚，屋門低處傳來輕輕的敲門聲，有個聲音喊道：「開門，我的甜心，我的愛。開門，我親愛的。記得我們今天早上在世界盡頭水井才說過的話。」

「會是什麼東西？」繼母嚷嚷。

女孩不得不跟繼母全盤托出，說她承諾了青蛙什麼。

「女孩一定要遵守諾言」，繼母說，暗地竊喜女孩不得不聽從討厭青蛙的話，「立刻去開門。」

於是女孩走去開門，眼前就是世界盡頭水井的那隻青蛙。牠一蹦一蹦跳進來，最後來到女孩面前，然後說：「把我抱起來，我的甜心，我的愛。把我抱到妳的膝蓋上，我親愛的。記得我們今天早上在世界盡頭水井才說過的話。」

但女孩不願照青蛙說的做，最後她繼母說：「立刻把牠抱起來，妳這壞姑娘！女孩一定要信守承諾！」

於是她將青蛙摟進懷裡，青蛙在那裡舒舒服服躺了一會，最後說：「給我一點晚餐，我的甜心，我的愛。給我一點晚餐，我親愛的。記得今天早上，妳在世界盡頭水井對我許下的承諾。」

這件事她倒不介意，於是端了碗牛奶和麵包給青蛙，讓青蛙飽餐一頓。但青蛙吃完之後說：「帶我上床，我的甜心，我的愛。帶我上床，我親愛的。記得今天早上，妳在世界盡頭水井對我的承諾。」

但那個女孩不肯，最後繼母厲聲說：「照妳承諾的做。女孩一定要說話算話！照牠說的做，快去，妳跟這隻小蛙。」

於是女孩帶著青蛙上床去，盡可能放在離自己最遠的地方。天快破曉的時候，青蛙竟然說：「砍掉我的腦袋，我的甜心，我的愛。砍掉我的腦袋，我親愛的。記得今天早上，妳在世界盡頭水井對我許下的承諾。」

起初女孩不願意，因為她想到青蛙替她在世界盡頭水井做的事。但青蛙用懇求的語氣反覆這麼說，她只好去拿根斧頭來，砍下牠的腦袋，看哪！眼前站著一個俊美的年輕王子。王子告訴她，他被邪惡的魔法師施了法術，直到有個女孩一整夜都聽他的指令行事，最後砍掉他的腦袋，魔咒才可能破除。

繼母詫異地發現這是個年輕王子，而不是惹人厭的青蛙。王子打算娶繼女為妻，因為她替他破除了魔咒，這點肯定讓繼母心裡很不是滋味。但兩人還是結了婚，一起前往父王的城堡定居。繼母唯一可堪告慰的，就是透過她，繼女才得以嫁給王子。

豆知識

在蘇格蘭，這個故事名為《青蛙》（*The Paddo*），或是《蘇格蘭申訴人》中的《世界盡頭的狼》（*The Wolf of the World's End*）。

另外，也與格林童話中的《青蛙王子》類似。

玫瑰樹

從前從前，很多年前，在人人都必須防範巫婆的年代，有個好男人，妻子年紀輕輕就過世，留下一名女嬰。

這個好男人覺得自己無法獨力照顧寶寶，所以娶了個年輕女子，她丈夫已經過世，留了個男嬰給她。

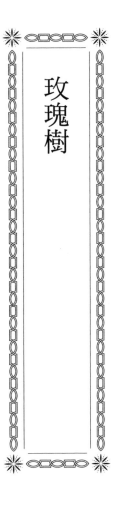

兩個孩子一起長大，深深愛著對方。

但這男孩的母親其實是個惡毒的巫婆，滿心妒意，想占有那男孩所有的愛。當那個女嬰漸漸長大，皮膚白晰如奶，臉頰透著玫瑰色，朱唇有如櫻桃，頭髮閃亮得恍若金色絲綢，直直垂落腳邊，她父親和所有的鄰居開始讚美她的美貌。繼母因此對女孩產生恨意，盡全力破壞她的模樣。繼母會派粗重的工作給女孩，不顧天氣好壞，要她出門跑腿辦事。倘若事情沒辦好，就對她拳打腳踢，狠狠痛罵她。

有個寒冷的冬日傍晚，雪落得很急，花園裡的野玫瑰樹是孩子們夏天玩耍的地方，現在除了片片雪花之外，玫瑰樹一片黯淡光禿。繼母對小女孩說：「孩子，到雜貨商那裡幫我買捆蠟燭。這裡有些錢，快去，不要在路上閒晃。」

於是小女孩拿了錢出發，匆匆穿越雪地，因為天色漸漸暗了。一陣大風吹來，差點將她吹離地面，她一面奔跑，那頭美麗髮絲糾結成團，差點絆倒她。不過，她買到了蠟燭，付了錢，開始要走回家。但這一次，風從她背後猛吹，將她那頭美麗金髮往前吹成一朵雲似的，讓她看不清眼前的路，走到柵欄跨梯[16]時，為了看清怎麼跨過去，先把那捆蠟燭放在地上。爬上前梯時，卻有隻大黑狗跑過來，咬著那捆蠟燭跑走了！她好怕繼母，不敢回家，只好回頭去雜貨商那裡再買一捆。她再次抵達柵欄跨梯時，又發生了同

16 Stile，讓人而不讓動物跨過圍牆或柵欄的設施，通常是由幾個階梯組成。

樣的事情。一隻大黑狗沿路跑過來，啣著那捆蠟燭逃開。於是她再次冒著風雪，辛苦回到雜貨商那裡，用身上的最後一便士，再買了一捆蠟燭。悲哀的是，這一切終歸徒勞，因為她一放下蠟燭，想撥開那頭美麗金髮，看看怎麼越過跨梯，一隻大黑狗又把蠟燭偷走了。

她一籌莫展，怕得直發抖，回到了繼母身邊。神奇的是，繼母竟然沒有大發脾氣，只是罵她怎麼這麼晚才回來，她父親和小玩伴早已上床就寢，進入了夢鄉。

接著繼母對這孩子說：「妳上床睡覺以前，我一定要幫妳把打結的頭髮梳開。來吧，把妳的腦袋靠在我膝上。」

小女孩將腦袋靠在繼母的懷裡，看哪！她那頭美麗的金髮流洩過婦人的膝頭，垂落在地面上。

這樣的美加深了繼母的妒意，於是繼母說：「靠在膝蓋上我不好施力，解不開妳的頭髮，去拿一塊木頭來枕著。」

於是小女孩拿了木塊過來枕著。接著繼母說：「妳的頭髮太濃密了，連木梳也解不開。拿把斧頭過來！」

於是孩子去拿了把斧頭過來。

「好了，」這個邪惡無比的女人說，「把頭枕在木塊上，我來替妳分開打結的地方。」

孩子不知道要害怕，乖乖聽話照做。看哪！斧頭一揮，那顆美麗的金色小腦袋轉眼就落地。邪惡的繼母事前就已經把這些事情計畫好，將可憐小女孩的屍體帶到花園去，在玫瑰樹下的雪地裡挖了個坑，自言自語：「等春天到來，雪融化的時候，要是有人找到她的屍骨，就會說她在雪中迷路，結果睡著了。」

因為她是個壞心的巫婆，深諳法術和魔咒，她取出小女孩的心臟，做成兩塊餡餅，早餐時一個給丈夫，另一個給小男孩，這樣他們對小女孩的愛，就會成為她自己的。儘管如此，人算不如天算，當早晨到來，發現怎麼都找不到小女孩的時候，女孩父親早餐幾乎碰也沒碰，而小男孩痛哭流涕，什麼都吃不了。

他們悲痛逾恆。雪融化的時候，他們找到了那可憐孩子的屍骨，他們說：「一定是天色暗了，還去雜貨商那裡買蠟燭，結果迷了路。」於是將骸骨埋在孩子嬉戲的那棵玫瑰樹下，每天小男孩都坐在那裡，為了失去的玩伴而哭泣。

夏天到來，野玫瑰樹綻放花朵，上頭滿是白玫瑰，繁花之間坐著一隻美麗的白鳥。鳥兒彷彿來自天堂的天使，唱了又唱。但牠唱些什麼，小男孩一直聽不出來，因為他淚漣漣，幾乎看不見，啜泣不斷，幾乎聽不見。

最後那隻美麗白鳥展開寬闊的白翅，飛到了補鞋匠的店鋪，做鞋模型的上方長了一叢桃金孃。他正在模型上做一雙小小精緻的玫瑰紅鞋。小鳥棲坐在粗枝上，用甜美的歌聲啼唱：「繼母殺了我，父親差點吃掉我，我親愛的他，坐在樹底下，而我在上頭歌唱。嘶啊！颯啊！死翹翹！[17]」

「好美麗的歌，你再唱一遍吧，」補鞋匠說，「比夜鷹的歌聲還動聽。」

「我很樂意，」小鳥啼唱，「如果你能把你正在做的那雙玫瑰紅小鞋子送我。」

補鞋匠心甘情願送出鞋子，於是白色小鳥再將歌唱一回。牠一腳抓著那雙玫瑰紅鞋，飛到了金匠工作檯旁邊的栲樹上，然後放聲啼唱：「繼母殺了我，父親差點吃掉我，我親愛的他，坐在樹底下，我在上頭歌唱。嘶啊！颯啊！死翹翹！」

---

17 原文是 Stick! Stock! Stone dead! 而 Stick! Stock! 只是無意義的聲音，為了跟 stone 押頭韻。Stone dead 是死透了的意思。

「噢，多美麗的歌啊！」金匠嚷嚷，「再唱一次，親愛的小鳥，比夜鷹的歌聲還動聽啊。」

「我很樂意，」小鳥唱道，「如果你願意把你正在做的金鍊子送我。」

金匠心甘情願送出飾品，小鳥再將歌唱一次。然後牠一腳抓著玫瑰紅鞋，另一腳揪著金鍊子，飛到了一棵橡樹上，樹下就是磨坊河流，旁邊有三個磨坊工正忙著敲製磨石。小鳥棲坐在粗枝上，無比悅耳唱著牠的歌：

「繼母殺了我，父親差點吃掉我，我親愛的他，坐在樹底下，我在上頭歌唱。嘶啊！」

其中一個磨坊工放下工具，聆聽著。

「颯啊！」

鳥兒啼唱。第二個磨坊工放下工具，傾聽著。

「死，」

鳥兒啼唱。接著第三個磨坊工擱下工具，聆聽著。

「翹翹。」

小鳥的歌聲如此甜美，三個磨坊工不約而同抬頭望去，同聲喊道：「噢，好美的曲子！再唱一次，親愛的小鳥，比夜鷹的歌聲還動聽啊。」

「我很樂意，」小鳥回答，「如果你們願意把正在磨製的磨石掛在我的脖子上送我。」

於是磨坊工按照要求，將磨石掛上小鳥脖子。歌唱完以後，小鳥展開寬闊的白翅，頸子繞著磨石，一腳抓著玫瑰紅小鞋，另一腳揪著金色鍊子，飛回了那棵玫瑰樹。但小玩伴不在樹下，他在屋裡吃晚餐。

小鳥飛到屋子那裡，在屋簷那裡用磨石撞出聲響，最後繼母嚷嚷：「聽啊！好大的雷鳴！」

小男孩跑出來看，一雙細緻的玫瑰紅鞋掉在他腳旁。

「看看雷鳴帶來多好的東西！」他開心喊著，跑回屋子裡。

接著白鳥再次在屋簷那裡碰響磨石。繼母再次說：「聽啊！好大的雷鳴！」

這一次，父親跑出來看，一條金鍊子掉下來，套在他脖子上。

「是真的，」他回屋裡的時候說，「雷鳴真的會帶來好東西！」

白鳥再一次在屋簷上搖響磨石，這一回繼母匆匆忙忙說：「聽！又來了！也許雷鳴有什麼要送我！」

她拔腿衝出屋外，但一踏出家門，磨石就直接掉在她頭上，砸死了她。

那就是她的下場。之後，那小男孩快樂多了，整個夏天穿著玫瑰紅小鞋，坐在野玫瑰樹下，聽著那隻白鳥唱歌。但是冬天來到，野玫瑰樹再次變得光禿，只剩片片雪花，白鳥不再過來，

而小男孩等小鳥也等得厭倦了。有一天他完全放棄，他們將他埋在玫瑰樹下，就在他的小玩伴旁邊。

當春天來到，玫瑰樹再次盛開，那些花朵卻不再是白的。花瓣邊緣帶點玫瑰色，有如那小男孩的鞋子。每朵花中央有著一簇美麗的金色花絲，好似那個小女孩的髮絲。

如果你仔細看野玫瑰，還會看到這兩個特徵。

豆知識

這個故事也曾以英國童謠《橘子與檸檬》的形式流傳，當中的副歌改成：

「我的母親殺了我，
我的父親拾起我的骨，
我的小妹把我葬在
那大理石下。」

這個版本流傳至愛爾蘭、澳大利亞等地。甚至還有個版本名為「胡椒、鹽與芥末」。

在格林童話中的《杜松樹》中可以看到許多類似的元素（《杜松樹》因情節略有不同，歌謠也與前述未完全相同）。而歌德也將這段副歌融入《浮士德》中，瑪格麗特在牢中等待行刑前所唱。

STUDENTS
ONLY
注意！注意！
英國童話故事集已到此結束。男孩們、女孩們請立刻停止閱讀！

英國童話及故事集

【特別收錄插畫大師亞瑟・拉克姆浪漫細膩全彩插畫】

English Fairy Tales

作　　者　芙蘿拉—安妮・史提爾（Flora Annie Steel）
繪　　者　亞瑟・拉克姆（Arthur Rackham）、
　　　　　約翰・D・巴滕（John D. Batten）
翻　　譯　謝靜雯
封面設計　高偉哲
內頁排版　高巧怡
行銷企劃　蕭浩仰、江紫涓
行銷統籌　駱漢琦
業務發行　邱紹溢
營運顧問　郭其彬
責任編輯　劉文琪
總 編 輯　李亞南
出　　版　漫遊者文化事業股份有限公司
地　　址　台北市松山區復興北路331號4樓
電　　話　(02) 2715-2022
傳　　真　(02) 2715-2021
服務信箱　service@azothbooks.com
網路書店　www.azothbooks.com
臉　　書　www.facebook.com/azothbooks.read
營運統籌　大雁文化事業股份有限公司
地　　址　台北市松山區復興北路333號11樓之4
劃撥帳號　50022001
戶　　名　漫遊者文化事業股份有限公司
初版一刷　2022年1月
初版四刷(1)　2023年4月
定　　價　台幣399元

國家圖書館出版品預行編目 (CIP) 資料

英國童話及故事集/芙蘿拉-安妮.史提爾(Flora Annie Steel) 著；亞瑟.拉克姆(Arthur Rackham), 約翰.D. 巴滕(John D. Batten) 繪；謝靜雯譯. -- 初版. -- 臺北市：漫遊者文化事業股份有限公司出版：大雁文化事業股份有限公司發行, 2022.01
面；　公分
譯自：English fairy tales.
ISBN 978-986-489-585-4(平裝)
873.596　　110022293

ISBN　978-986-489-585-4